I0650946

Y

Ze

27024

BRUITS DU SIÈCLE.

Imprimé chez DOLOY ET TEAUZEIN, à Saint-Quentin.

Au profit des Enfants des Salles d'Asile de Saint-Quentin.

BRUITS DU SIÈCLE,

POÉSIES,

PAR LÉON MAGNIER.

> Il s'agit de savoir si le monde social
> avancera ou rétrogradera dans sa route
> sans terme.　　A. DE LAMARTINE.

BIBLIOTHÈQUE ROYALE

SAINT-QUENTIN.

Chez DOLOY, Imprimeur-Libraire,

Grand'Place, 21.

1843.

Le siècle est penseur et grave ; la science et l'art l'é-
clairent d'une vive splendeur ; il renferme encore de
grandes misères, mais il fait entendre des voix généreu-
ses. L'auteur de *Bruits du Siècle* n'a pas la prétention
d'être l'écho de toutes les voix, de réfléchir tous les rayons;
il n'a pas la présomption de se croire une voix ou un
flambeau ; seulement il a écouté quelques plaintes , il a
écouté quelques chants , et pendant de rares loisirs que
lui laissait la rédaction d'un journal de province , il a écrit
les pièces du recueil qu'il offre maintenant , avec assez
d'indifférence , à la publicité.

La haute poésie exige la méditation ; elle est donc , il faut le dire, une étude difficile pour les personnes dont le temps est employé à d'autres travaux. L'auteur de ce livre s'est bientôt effrayé d'un cadre trop vaste ; il s'est empressé d'écarter une foule de sujets qui d'abord entraient dans le plan et qui auraient trop retardé l'exécution complète de l'ouvrage ; mais du moins, il a cherché autant qu'il l'a pu, à traiter avec soin le thème resserré dans de plus petites dimensions et , pour ne pas fatiguer le lecteur, à varier le rhythme , en conservant pourtant cette régularité sonore que n'ont pas les vers libres. Le vers, c'est la forme qui doit rehausser l'idée et la faire ressortir avec plus de relief et de grandeur ; si ce moule est défectueux et sans grâce, il nuit à la pensée, il l'étouffe. Il n'est pas accordé à tout écrivain d'avoir du génie, d'atteindre à une certaine hauteur ; mais tout artiste doit s'efforcer de donner à son œuvre ce fini sans lequel il n'y a guère de succès à espérer.

La question d'art ne peut suffire au poète consciencieux ; il a un but de moralisation à poursuivre. Nous vivons dans un siècle de transition , dans un siècle de luttes et d'incertitudes ; tandis que des malheureux jettent au vent leurs croyances, quelques penseurs recueillis rallument en eux-mêmes le feu divin et se rattachent avec

énergie à la foi comme à un mât flottant qui ne s'englou-
tira pas et qui nous sauve dans la tempête. Que le poète
s'élève au-dessus des murmures de la foule ! qu'il n'entraîne pas les passions dans une voie subversive! qu'il ne
sème pas la haine et la discorde ! qu'en défendant le pauvre
et l'opprimé , il rende meilleurs les hommes ! qu'il dise
comme Jésus : frères, entr'aimez-vous! Conduire l'Humanité dans sa marche ; la pousser vers un sort plus heureux ; consoler le cœur ; montrer en rêvant , l'infini , l'é-
ternité , Dieu ; peindre la nature , ce visage de Dieu ; enfin
guider l'homme vers l'avenir , l'âme dans l'immensité ,
tel est le but de la véritable et haute poésie.

Tout en reconnaissant qu'il a peu de valeur philosophi-
que et littéraire , l'auteur de *Bruits du Siècle* croit
avoir le droit de soupirer des paroles d'espérance , et de
mêler de faibles vers aux voix qui prophétisent de plus
beaux jours. L'insecte qui se réjouit sous l'herbe, en
voyant une étoile ou un rayon du soleil , ne craint pas
d'unir son cri au chant de l'oiseau , au murmure du chêne,
à tous les hymnes du monde.

PROLOGUE.

O poète à qui Dieu donna le saint pouvoir
De jeter à la foule une strophe vibrante,
D'élever une voix qui pourrait émouvoir,
Réveiller dans les cœurs l'espérance mourante!

O poète, pourquoi promener le scalpel
Sur le cadavre froid des époques lointaines?
Crois-moi, laisse les morts et réponds à l'appel
Des hommes parcourant des routes incertaines!

Le passé seul a-t-il des spectacles touchants?
Ne te lasses-tu pas de fouiller la poussière?
Va, tu pourras trouver un sujet pour tes chants
Dans le présent qui lutte en cherchant la lumière!

Tu ne dois plus ramper dans les sentiers frayés,
Reproduire toujours quelques pâles copies,
Et, donnant le sommeil aux mortels ennuyés,
Rappeler au grand jour des muses assoupies.

Au temps où nous vivons l'homme est devenu fort;
Il ne veut écouter que la voix du génie;
Car cet homme n'est plus un enfant qu'on endort
Avec les doux accents d'une molle harmonie.

Ah! c'est que notre siècle offre un drame puissant;
Et la foule partout se pousse et se coudoie;
Chacun cherche à monter sur un terrain glissant,
Sans regarder au ciel si quelque astre flamboie.

Or, comment voudrais-tu, quand tout souffre ici-bas,
Qu'on daignât t'écouter, rimeur aux plaintes vaines?
Pour que ton chant vainqueur plane sur ces combats,
Fais briller aux regards quelques lueurs soudaines!

Explique les secrets qu'on ne peut définir !
Dans le drame qu'on joue accepte aussi ton rôle !
Eclaire le présent ! découvre l'avenir !
Tu suspendras alors la foule à ta parole !

L'AUTEUR.

Mais que pourrai-je, moi, dans mon obscur destin ?
Je marche avec frayeur vers un point incertain,
   Dans une route sombre ;
Mon chant sans force meurt ; on ne l'entendra pas.
Ma vue est faible. Hélas ! nul ne conduit mes pas
   Qui s'égarent dans l'ombre....

Viens, Inspiration ! j'écouterai ta voix !
Tu me diras quel mot doit éteindre à la fois
   Les cris et la souffrance ;
Quel mot doit consoler ; tu rendras mes accents
Assez forts pour lutter contre les bruits puissants
   Qui troublent notre France.

Alors je chercherai s'il est parmi ces cris
Une sainte promesse ; écartant le mépris
   Dont souvent on la couvre,
A tous les malheureux je la répéterai ;
Aux esprits forts, à ceux qui doutent je dirai :
   Que l'avenir s'entrouvre ;

Qu'enfin il nous apporte un sort moins agité ;
Qu'il est doux d'espérer en la Divinité ,
   De croire à la nature ;
Qu'il faut savoir trouver le chemin effacé
Dans lequel le Seigneur a sagement tracé
   Notre marche future.

Rendant l'amour à l'àme , essuyant tous les pleurs ,
Je montrerai les fruits , les rameaux et les fleurs
   Qui semblent nous sourire ;
Je pourrai vers le but guider l'Humanité ;
Et des chants de bonheur et d'immortalité
   Feront vibrer ma lyre !

         1842.

CHANTS.

Deux voix du siècle..

I.

Olympio.

Architecte hardi d'une forme nouvelle ,
J'aime l'éclat; je veux que mon chant se révèle
En remplissant les airs d'un rythme harmonieux;
Que mon style brillant d'images se colore,
Et semble un champ fécond où s'empressent d'éclore
      Mille fleurs souriant aux cieux.

A moi donc les beaux vers, les strophes qui rayonnent,
Les mots passionnés qui révolutionnent
Les hommes dont le cœur est plein de flamme encor!
Dans la stance je veux ciseler ma pensée
Pour qu'on l'admire comme une perle enchassée
    Dans un splendide collier d'or.

De monotones vers assoupissent l'oreille;
J'ai, pour la réveiller, l'antithèse pareille
Au rayon de soleil sur les flots descendu;
J'aime une teinte chaude, un reflet d'écarlate;
Je veux qu'en s'allongeant la période éclate
    Par un effet inattendu.

Je veux que mon génie éclaire comme un phare;
Que mon chant monte et vibre ainsi que la fanfare
Des instruments d'airain proclamant des vainqueurs;
Et que l'ode guerrière, altière et bondissante,
Ressemble aux légions dont la marche puissante
    En passant enflamme les cœurs.

Mais artiste surtout je prends à la peinture
Son brillant coloris pour peindre la nature,
Et l'enfant dans mes vers se mire en souriant;
J'élève un monument, majestueux portique
Qui se découpe ainsi qu'une flèche gothique
    Sur un beau ciel de l'orient.

II.

A Elvire.

J'aime à laisser errer ma barque fugitive
Mollement balancée au gré des flots amers;
J'aime à voir l'alcyon; j'aime la voix plaintive
    Qui sort du sein des mers.

J'aime le lac d'azur où se mirent l'étoile,
Ton front plein de candeur et tes beaux yeux baissés;
J'aime le bruit du vent qui vient enfler la voile
Tandis que nous glissons, les bras entrelacés.

Oh! la vie est ainsi : nous voguons sur l'abîme;
Nous cherchons le plaisir, le gouffre est sous nos pas!
Mais qu'importe la mort, puisque l'âme sublime
    S'envole et ne meurt pas!

— J'irai, j'irai souvent rêver sur la colline,
Te prier, ô Seigneur, et m'élever vers toi!
Vers le saint ermitage, à l'autel où s'incline
Un prêtre aux cheveux blancs j'irai chercher la foi.

                      2

Dans l'amour ne pourrai-je assoupir ma pensée ;
Sous ton aile, ô mon ange, incessamment dormir !
Ne pourrai-je étouffer cette ardeur insensée
Qui voudrait tout savoir, qui ne sait que gémir !

Et cependant je crois, je crois depuis que j'aime ;
Lorsque tout lui sourit, l'homme devient meilleur ;
Dans ton âme j'ai vu l'image de Dieu même,
Dans ta beauté j'adore une œuvre du seigneur !

— Merci, mon Dieu, tu mis sous les traits de la femme,
Un ange sur la terre en nous donnant l'amour !
Merci, mon Dieu, le ciel un jour reprend notre âme
Mais la femme doit être ange au divin séjour ! —

Eh bien ! puisqu'ici-bas, amie, il faut qu'on meure,
Formons un de ces nœuds que rien ne peut briser ;
Oh ! reste dans mes bras, et sur mon sein demeure
Pour mourir et renaître au milieu d'un baiser !

1842.

Chant du XIX siècle.

D'autres ont eu Villon, Marot, Ronsard, les voix
Que Tissot réunit et présente à la fois
       Dans une analyse rapide ;
D'autres ont eu Malherbe ; et d'autres plus heureux
Ont eu Corneille, ont eu Racine harmonieux :
       Leur Sophocle, leur Euripide.

On vit Molière atteindre à d'immortels succès,
Lafontaine emprunter aux vieux auteurs français
       Leur naïveté poétique ;
Au prophète David Rousseau prit la couleur ;
Gilbert s'est illustré par un cri de douleur ;
       Chénier choisit la muse antique :

André Chénier qui sait dans ses chants gracieux
Nous rappeler Sapho, Théocrite amoureux,
   Tibulle aux accents pleins de flamme !
Qui, célébrant Corday, flétrit Collot-d'Herbois,
Mais qui soudain, hélas ! avec l'auteur des *Mois*
   Sur l'échafaud va rendre l'âme !

Un nouveau siècle luit. Voici Chateaubriand ;
D'Atala, de Réné, c'est le peintre brillant
   Dont le style a tant d'harmonie ;
C'est l'homme au cœur loyal, l'écrivain immortel,
Le chantre des Martyrs, appuyé sur l'autel,
   A Dieu dédiant son génie !

Et nous avons Hugo, Lamartine, Gauthier,
Sainte-Beuve, Méry, Delphine Gay, Barbier
   Le Juvénal rude et bizarre ;
L'ode reprend enfin son antique grandeur
Et le siècle a trouvé dans toute sa splendeur
   La noble lyre de Pindare ;

La satire sur nous déchaîne Némésis ;
La moderne épopée a des accords choisis,
   Un majestueux caractère :
C'est un cœur plein d'amour qui s'immole aux autels ;
C'est l'ange qui s'égare et qui, chez les mortels,
   Aime une fille de la terre ;

Soumet donne à sa lyre une corde de fer,
De Milton et du Dante il nous ouvre l'enfer :
            Le sauveur descend dans l'abîme,
Le Christ est mis en croix par Satan irrité,
Mais aussitôt les cieux et l'enfer racheté
            Commencent l'hosanna sublime.

L'amour de la patrie inspire Béranger ;
Scribe anime la scène et cet esprit léger
            En souriant nous égratigne ;
Si le drame nouveau craint parfois des revers,
Il retrouve un succès lorsqu'il dit vos beaux vers,
            Hugo, Dumas et Delavigne !

Puis au milieu des voix, des chants pleins de douceurs,
Nous entendons aussi des savants, des penseurs,
            A l'âme généreuse, austère ;
Quelques révélateurs s'élèvent parmi nous ;
Sand a remplacé Staël ; Lamennais et Leroux
            Ont remplacé Rousseau, Voltaire ;

Ce n'est plus le génie impuissant et railleur
Qui ne put nous montrer un avenir meilleur
            Et qui ne se plut qu'à détruire ;
Enlevant aux mortels leur culte du veau d'or
Comme au mont Sinaï, quelque Moïse encor
            Vers Chanaan va nous conduire.

Notre siècle au concours mettra la vérité ;
L'amour enfin saura ramener l'unité
     Dans l'action, dans la croyance ;
L'intelligence aura son culte vénéré ;
Un seul astre moral de Dieu même éclairé
     Guidera toute conscience !

1842.

A Joseph Delorme.

Sainte-Beuve, pour vous tout sujet est facile
Et la simplicité semble embellir votre art;
Vous savez revêtir d'un vers souple et docile
La pensée éclose au hasard.

Votre muse au malheur présente un doux asile,
Et souvent vous chantez, dans votre genre à part,
L'amour qui nous sourit ou qui de nous s'exile,
Ou l'arrivée ou le départ;

Vous répétez pensif toute voix dans l'espace,
Une vierge parfois dans vos beaux rêves passe
    Et s'évanouit tour à tour ;

Et le feu presqu'éteint dans nos cœurs se rallume ;
Et les sentiments purs, passant par votre plume,
    Prennent un gracieux contour.

1842.

La Presse.

On t'offre, Gutenberg, des fêtes magnifiques !
La Presse a le pouvoir , dans nos temps pacifiques,
Et le vieux Glaive cède à la Plume , à la Voix.
La Presse, tour à tour favorable ou fatale,
Reine qui dut choisir Paris pour capitale,
Dresse le pilori, promène le pavois.

O Paris, puisqu'un jour, sur la Seine féconde
Ton berceau fut placé, sois le flambeau du monde!
Prophète, guide-nous vers le bonheur promis !
L'Europe suit tes pas; l'univers te regarde;
Sauve donc l'avenir ! tu le tiens sous ta garde,
Car c'est entre tes mains que le seigneur l'a mis!

Toi, Presse, puisses-tu conserver un beau rôle,
Ne jamais te souiller, passer toute parole
Au rigide creuset de la sincérité !
Afin que le Génie, afin que la Science,
Se présentent toujours, forts de ta conscience,
Devant le tribunal de la publicité.

1842.

La Poésie.

La Muse est une fée, elle est jeune, elle est belle,
Et le temps en fuyant ne peut que l'embellir.
— Que de femmes voudraient avoir le don, comme elle,
De ne jamais vieillir ! —

Certes, la Poésie est femme, et la coquette
Craint fort l'indifférence et les rires moqueurs;
Elle sait que le beau fait toujours la conquête
Des esprits et des cœurs.

Bien qu'elle soit charmante, et qu'elle s'accommode
Tour-à-tour d'élégance et de simplicité,
Mesdames, comme vous, elle adopte la mode
    Qui sied à la beauté.

Avec grâce elle prend l'écharpe ou la mantille;
Elle taille et refait sa tunique aux longs plis;
Elle tresse ou polit, près de l'œil qui pétille,
    Ses cheveux assouplis.

Vieux rimeurs, n'allez pas, quand tout en elle change,
Tristement la couvrir d'oripeaux vermoulus,
Et, parce qu'elle boude en voilant son front d'ange,
    Dire qu'elle n'est plus!

Non, sa démarche est vive et sa voix nous étonne;
Toujours elle nous plait par de nouveaux accents;
Elle hait donc ces vers au timbre monotone
    Qui vont à pas pesants.

Sculptez artistement pour la Muse éternelle
La strophe qui dans l'air s'ouvre un sillon de feu!
Cette strophe est un char, et sa roue est une aile
    Qui vole jusqu'à Dieu.

L'âme c'est la fournaise, et le vers c'est le moule
Où la pensée ardente en entrant se polit ;
L'idée en fusion comme le bronze coule,
    Et l'œuvre s'accomplit.

Mais, quoique de regret l'esprit alors s'abreuve,
Quoiqu'il semble pénible à la main d'effacer,
On doit briser parfois et refondre l'épreuve
    Pour la recommencer.

Car il faut à la Muse, ainsi qu'à la statue,
Pour vivre et s'animer, le fini des contours ;
Et, simple ou riche, il faut qu'elle soit revêtue
    De gracieux atours.

Le vieux Boileau, qui fut et critique et poète,
Aux auteurs de son temps disait la vérité :
Le poli donne seul, à l'œuvre qu'il complète,
    L'éclat, la pureté.

Oh ! dans la Poésie ainsi que dans la femme,
La pensée et la forme ont de divins accords ;
On aime à voir s'unir et la beauté de l'âme
    Et la beauté du corps !

3

A M. Alphonse Esquiros,

après avoir lu les Vierges Folles.

Dans un être déchu que l'on déclare infâme,
Esquiros, noble esprit, sait retrouver la femme,
Malgré tous les don Juans au sourire moqueur.
La femme, n'est-ce pas une blanche colombe
Qui, volant vers le ciel, se débat et retombe
      Quand un méchant la frappe au cœur ?

La femme est la liane en fleurs : unie au chêne,
Elle peut s'élever; sans soutien, elle traîne
Ses charmes avilis sous les pieds du passant.
Mais quand avec amour au chêne elle s'attache,
Elle est grande, elle est forte ; alors on ne l'arrache
      A cet arbre qu'en la brisant.

Oui l'on voit trop souvent la pauvre délaissée
Passer du lit d'amour sur la dalle glacée
Où son corps n'a pour voile hélas ! que sa pâleur ;
Le fleuve, amant sinistre, ouvre une froide couche
Aux corps chauds de baisers; son baiser clôt leur bouche,
      Endort leurs cris et leur douleur.

De son travail la femme aujourd'hui ne peut vivre;
Et tout éclat d'ailleurs l'éblouit et l'enivre;
Ah ! soyez bons pour elle et ne la tentez pas!
Pourquoi tuer ainsi l'alouette légère
Que d'un miroir flatteur la lueur passagère
      Fascine, et rejette bien bas?

Puis c'est triste vraiment que la gaze et la soie
N'ornent pas un beau corps à la misère en proie
Mais où brillent des yeux pleins de si doux rayons;
Et l'artiste jaloux de toutes nobles choses
Crie : — as-tu fait, mon Dieu, pour le fumier les roses,
      Et la beauté pour les haillons?

Alphonse, vous avez une voix plus austère;
Vous dites aux puissants : — « donnez au prolétaire
Des travaux, des plaisirs, l'espoir d'un lendemain !
Pour relever les mœurs, rendez l'hymen facile!
Que l'amour dans les cœurs retrouve un saint asile
      Avec un avenir certain !

Rendez désert le lieu des débauches infâmes,
Minotaure affamé qui dévore les femmes,
Gouffre où les jeunes gens vont jeter leur bonheur !
Amenez des progrès dont le siècle se vante!
Que l'amour ou l'hymen ne soit plus une vente
      Portant le sceau du déshonneur! »

— Et votre charité nous charme et nous console,
Car vous allez chercher la pauvre vierge folle
Qui livre pour du pain un débris de beauté ;
La femme que le monde a couverte de boue,
Qu'avec mépris il chasse, il maltraite, il bafoue;
      Et vous dites avec bonté :

— « Je saurai découvrir, ô jeune fille nue,
Un reste de pudeur dans ton âme inconnue,
Et je te voilerai de ce chaste lambeau ;
Je veux te relever quand l'on t'a fait descendre ;
En toi du feu divin étouffé sous la cendre
      Je veux rallumer le flambeau.

                    1842.

Réponse de M. Alphonse Esquiros.

C'est un bonheur bien grand dans notre solitude
De sentir une main s'unir à notre main ;
Car nous perdons le temps en vague inquiétude
A cueillir cette pomme amère de l'étude
       Qui pend aux arbres du chemin.

Merci de vos beaux vers, de vos belles pensées !
Vous avez un talent à la gloire promis ;
Oh ! merci d'avoir joint nos âmes fiancées :
J'écoute vos doux chants aux strophes cadencées,
       J'écoute, et nous sommes amis !

Frère, vous comprenez vraiment la poésie ;
Ce n'est point une aurore aux naissantes couleurs,
Ce n'est point un objet pour vous de fantaisie,
Ce n'est point une fille habilement saisie
      Qui va, pieds nus, cueillant des fleurs.

C'est un écho plus grand des choses de la terre ;
Vous sondez du présent toute la vanité ;
Vous plaignez l'ouvrier, la fille solitaire,
Et vous savez mêler dans votre voix austère
      La nature à l'humanité.

L'avenir est à ceux qui comme vous, poète,
Regardant à la fois la terre et le ciel bleu,
L'âme de vérité souvent tout inquiète,
Feront monter du bas de la foule muette
      L'échelle de nos maux à Dieu.

Alphonse Esquiros

Deuil.

Il est de ces grands coups, de ces affreux malheurs,
Qui font naître soudain d'unanimes douleurs;
Frappant la nation d'une stupeur profonde,
De leur écho funèbre ils remplissent le monde.
Ah! pour que la patrie ainsi prenne le deuil,
Et pour que l'univers pleure sur son cercueil,
Il faut qu'un pur génie à sa source première
Remonte, s'envolant vers Dieu, vers la lumière,
Ou qu'à ses pieds la mort ait trop vite abattu
Quelque prince puissant surtout par la vertu.

Etre des citoyens l'orgueil et l'espérance,
Etre l'ami, le chef de notre jeune France,
Etre aimé du soldat qui se rappelle, fier,
Son compagnon d'Anvers et des Portes-de-fer;

Ferme dans le danger, avoir une grande âme
Que l'amour du pays et de la gloire enflamme;
Etre humain, et souvent sauver des malheureux;
Accorder aux beaux-arts un appui généreux;
Par l'esprit, par le sang, de MARIE être frère,
Et comme elle obtenir un laurier funéraire!..

Si haut qu'on soit, faut-il craindre les coups du sort!...
S'appeler D'ORLÉANS, être jeune, être fort,
Voir sourire toujours une foule empressée,
Et, noble fils de roi, chercher dans la pensée
Ce que l'on trouvera pour rendre plus heureux
Des sujets inquiets mais au cœur chaleureux;
Avoir tout ce qui plaît dans la vie éphémère :
Etre aimé d'une épouse, être aimé d'une mère;
De la famille ainsi réunir le bonheur
Et tout l'éclat du rang... et mourir, monseigneur!..

Mais comment se fait-il que cette mort nous touche?
Comment l'éloge aussi sort-il de notre bouche?
Ce n'est plus à présent que nous flattons les rois.
D'où vient donc que le peuple et les grands à la fois,
Répondant à ce cri d'une auguste souffrance,
Répètent consternés : *quel malheur pour la France!*
Prince, c'est qu'avec vous l'avenir était sûr,
Et que hélas maintenant l'horizon est obscur;
C'est qu'il faudrait au siècle une route meilleure,
C'est qu'on trouvait en vous un guide que l'on pleure?

Juillet 1842.

Le 8 Mai 1842.

Certes l'homme est puissant, et de sa voix altière
Il a dit : « moi je veux asservir la Matière !
« De tous les éléments, du monde, je suis roi ;
« Dans l'univers il faut que tout cède à ma loi !
« Mon bras est faible ; eh bien, qu'importe ! mon génie
« Saura me conquérir une force infinie ;
« Et mon pouvoir vaincrait ces géants orgueilleux
« Qui lançaient autrefois des monts contre les cieux !
« Ainsi qu'un Dieu je vais faire lutter ensemble
« L'eau, le feu, dévorants, devant lesquels on tremble ;
« Je prétends voyager sur des routes de fer
« Plus vite que l'oiseau ne vole et ne fend l'air ! »

Et l'eau qui de douleur jette une voix plaintive,
Se tord sur le brasier; et la locomotive,
Essoufflée, agitant ses grands membres d'airain,
Entraîne des wagons dans sa course sans frein.
Sans comprendre on entend gronder comme un orage
La vapeur qui menace, et qui mugit de rage.
Et les chars sont remplis de jeunes gens joyeux,
De vieillards et d'enfants, de femmes aux beaux yeux;
C'est un jour de plaisir et de doux tête-à-tête;
Tous ces groupes heureux viennent de quelque fête;
Hélas! et c'est en vain qu'on les attend là-bas,
La famille au foyer ne les reverra pas!....

La machine se rompt; elle écrase, elle broie;
Et l'incendie éclate; et la vapeur foudroie;
Et la flamme et la lave ont jonché les chemins
De corps brûlés, sanglants, et de lambeaux humains!...
— Ah! mon Dieu, tout est donc incertain sur la terre;
Et sur notre destin plane un sombre mystère! —
En voyant ce spectacle, ô mortel, pauvre roi,
Jette à tes pieds ton sceptre et recule d'effroi!
Mais non, car ton génie écartera sans doute
Ces déplorables coups que sans cesse on redoute;
Et la Matière alors, se laissant maîtriser,
Rugira dans ses fers sans pouvoir les briser!

Saint-Quentin, le 10 mai 1842.

A l'Auteur du Roi des Frênelles.

Antony, votre livre est plein de poésie,
    De sérénité, de candeur ;
C'est d'un cœur généreux, que notre âme apprécie,
    Le rêve suave, enchanteur.

J'aime ces deux enfants sous la feuillée ombreuse,
    Ces frais gazons, ce ciel d'azur,
Ce murmure des bois, cette existence heureuse
    Qu'enflamme un amour chaste et pur.

J'aime ce bon vieillard dont les mains paternelles
Daignent bénir deux cœurs brûlants,
Ce monarque adoré, sage *Roi des Frénelles,*
Couronné de beaux cheveux blancs.

Et tandis que le drame à la marche inconnue,
En semant l'effroi, suit son cours,
J'aime la douce mère, ange qui, de la nue,
Sur l'orphelin veille toujours.

Antony, votre livre est plein de poésie,
De majestueuse grandeur,
C'est d'un cœur généreux, que toute âme apprécie,
Le rêve céleste, enchanteur.

1842.

A M. Léon Magnier.

ANTONY THOURET. (*)

« Hirondelle gentille » (mélodie).

Espérance céleste,
Seul rayon qui nous reste
　　Quand le jour fuit,
Descends dans ma demeure
Où je prie, où je pleure,
　　Toute la nuit.

(*) M. Antony Thouret a bien voulu dédier à l'auteur cette jolie petite
pièce de vers.

Ma prière est donc vaine,
O lumière incertaine !
    Car à ton tour
Tu fuis ma nuit si sombre ,
Et mon âme est une ombre
    Qui fuit le jour.

Mais qui donc vous attire,
Lorsque Dieu vous retire,
    Pauvres lueurs ?
Est-ce une âme immortelle ?
Est-ce un regard de celle
    Pour qui je meurs ?

Si c'est Dieu : qu'il ordonne
Qu'enfin mon heure sonne !
    J'ai tant prié !
Si c'est elle : qu'une heure
Sur ma tombe elle pleure !
    J'ai tant pleuré !

Toi, qui dans cette vie
Si vide et si remplie
    Prêches la foi,
Viens, suis-moi ! Pour la terre
Ton âme est trop légère,
    Envole-toi !

O frêle passagère,
Si tu pars la première,
    Je te suivrai,
Mais, sans toi, si j'arrive
A la céleste rive,
    Je reviendrai !

Car, sans toi, pauvre amante,
Dans le ciel où l'on chante
    Il faut gémir,
Et dans l'hymne éternelle
De la cour immortelle
    J'irai mourir !

Antony THOURET.

Quatre Ages.

I.

L'Enfant.

A moi les fruits, les fleurs, le papillon frivole !
O les charmants jouets ! à moi l'oiseau qui vole !
A moi ce grand flambeau qui se penche vers nous !
N'est-ce pas le bon Dieu regardant par la nue ?
Quand donc pourrai-je voir la figure inconnue
Du Seigneur qu'ici-bas on adore à genoux ?

II.

Le Jeune Homme.

Je ne puis végéter dans un horizon sombre ;
Que m'importe la vie alors qu'elle est dans l'ombre !

Toi, femme, laisse-moi baiser tes longs cheveux !
Je sens se dilater ma poitrine élargie ;
Mon bras a plus de force, et mon cœur, d'énergie ;
A moi le bruit, la gloire, et la femme aux doux yeux !

III.

L'Homme.

Elle dort près de moi... Dans un berceau sommeille
Un petit ange rose à la lèvre vermeille...
Pauvres êtres chéris !.. moi je veille sur eux ;
Plein d'espoir et d'amour je rêve à la fortune,
Mais, comme un oiseau noir, une crainte importune
Parfois semble planer sur mes rêves heureux.

IV.

Le Vieillard.

Je revis, ô soleil, en voyant ta lumière !
Mais, hélas ! qu'as-tu fait de ta chaleur première ?
Autrefois tes rayons avaient plus de clarté.
La nature à mes yeux se flétrit et se passe ;
De la vie ai-je donc parcouru tout l'espace ?
Je frissonne, mon Dieu, devant l'éternité !...

1842.

Les deux Deschamps.

Vous, Emile, Antoni, vous les frères Deschamps,
Je vous aime tous deux, j'aime à lire vos chants !
Vous savez emprunter, aux Muses étrangères,
De précieux accords et des chansons légères.

I.

L'un du romancero traduit pour nous les vers;
De Rodrigue qui fuit il nous peint les revers,
Dans un style doré par le soleil d'Espagne.
Il parcourt en glanant les champs de l'Allemagne;

Goëthe, Schiller, Klopstock arrivent jusqu'à nous
Et leurs voix dans nos cœurs ont un écho bien doux.
Puis voici l'Angleterre et voici son Shakespeare;
Byron dans Childe-Harold se lamente et soupire!...
Mais Emile vers nous a ramené ses pas,
Car chanter l'étranger ne lui suffirait pas;
Dans de nobles accents sa muse alors s'incline
Devant Hugo, Soumet, de Vigny, Lamartine.

II.

Vous, Antoni, souvent courbé sous le malheur,
Comme le pauvre Job vous chantez la douleur;
Mais votre âme s'anime, et se relève ardente,
Quand vous dites ces noms : l'Italie et le Dante!
Votre cœur est un temple ouvert aux rois de l'art
Où tous ces demi-dieux ont un autel à part;
Prêtre religieux, vous offrez votre hommage,
Vous offrez votre encens; on trouve à chaque page
Mozart, Cimarosa, Gluck, Weber, Rossini,
Pétrarque, Camoëns, Pellico, Manzoni,
Léonard de Vinci, Raphaël, Michel-Ange,
Groupe heureux et brillant, poétique mélange,
Choix des noms les plus beaux, des noms harmonieux,
Qu'Antoni prend partout, ici-bas, dans les cieux.

1842.

Caprice.

Pourquoi donc séparer ce que Dieu réunit ?
Aimons le beau, le bien, qu'ensemble Dieu bénit !
Au beau Dieu sut donner un suave sourire
      Qui vers le bien doit nous conduire.

Dieu sut créer le corps : Dieu sut créer le beau ;
Dieu sut créer le bien : car Dieu sut créer l'âme.
Le corps gracieux fut l'enveloppe de l'âme :
      Dieu mit le bien au fond du beau.

Or, un ange soutient nos pas jusqu'au tombeau :
Mère d'abord, épouse ensuite, c'est la femme ;
Dieu mit le bien (l'amour), dans le beau (dans la femme
      Qui nous charme jusqu'au tombeau).

Au beau Dieu sut donner un suave sourire
      Qui vers le bien doit nous conduire.
Pourquoi donc séparer ce que Dieu réunit?
Aimons le beau, le bien, qu'ensemble Dieu bénit !

1842.

Le Poète obscur.

Oh! ma place au soleil! je souffre et je frissonne;
Je ne puis plus lutter; ne viendra-t-il personne
      Hélas! pour me donner la main?
Errant par les bosquets, mon âme inconsolée
Végétait inconnue au fond de la vallée
      Où descend ce triste chemin.

Je voyais rayonner, là-haut, sur la colline,
Des fronts devant lesquels l'homme étonné s'incline,
      Des couronnes, des palmes d'or;
J'ai fui les arbres verts qui me prêtaient leur ombre,
Je voulais des bravos éclatants et sans nombre...
      On a brisé mon faible essor.

Pourquoi flétrir ainsi mon existence calme ?
Funeste ambition ! je n'ai pas une palme,
  Je n'ai pas de célébrité.
Le vertige me prend ; la force m'abandonne...
Quelle pente escarpée ! et que de maux nous donne
  Un désir d'immortalité !

Comme il fait froid ici ! comme tout est stérile !
Plaisirs, jeunesse, amour, vanité puérile,
  Comme tout cela fuit, mon Dieu !
Comme on est étouffé ! comme l'âme est meurtrie !
Ah ! toute illusion en s'envolant nous crie :
  Adieu, pauvre mortel, adieu !

———

— Ainsi dit le poëte. Il marche, il marche et tombe.
On est sourd à sa voix ; on passe sans le voir.
Que voulait-il trouver ? la gloire... il eut la tombe ;
N'est-ce pas le seul lot qu'on soit certain d'avoir.

———

Pourtant, après sa mort, peut-être à ce génie
  La foule applaudira,
Admirant dans ses vers une noble harmonie,
  Trop tard elle dira :

« Hélas ! il est donc vrai , comment un grand poète
   Peut-il ainsi mourir ?
Gilbert, et toi, Moreau , muses que l'on regrette ,
   Que vous dûtes souffrir ! »

Que de fruits avortés qui mûriraient sans doute ,
   S'ils étaient moins couverts ,
Qui mourront sans trouver un rayon sur leur route ,
   Et qui tomberont verts !

1840.

Une Voix inconnue.

Il est doux au printemps de courir par la plaine,
De fendre le zéphyr qui de sa tiède haleine
      Fait voltiger nos longs cheveux;
De respirer des fleurs le parfum d'ambroisie,
D'écouter des oiseaux la douce poésie
      Dont les stances volent aux cieux;

Il est doux de nourrir une molle tendresse,
D'abandonner son âme à l'ineffable ivresse
      Qui fait oublier les instants;

De rêver, un beau soir, sous un arbre qui plie,
Et de laisser errer notre mélancolie
      Parmi les nuages flottants ;

Il est doux de penser, lorsqu'un ruisseau murmure,
Quand la lune voilée à travers la verdure
      Ne se montre que par lambeaux ;
De mesurer l'espace avec un œil avide,
Comme si l'on pouvait s'élancer par le vide
      Vers les astres, divins flambeaux ;

Il est doux de chanter et l'amour et l'extase,
La gloire et la beauté, tout ce qui nous embrase
      Et fait battre nos cœurs toujours ;
Il est doux d'espérer, de bénir et de croire,
De caresser long-temps une enivrante histoire,
      Un souvenir de nos amours ;

    Mais, ô poète, en vain tu chantes ;
    On n'écoutera plus ta voix ;
    Que leur font les chansons touchantes ?
    Que leur font les soupirs des bois ?
    En vain d'un bandeau de verdure
    L'arbre pare sa chevelure ;
    En vain l'onde coule et murmure
    Sous les saules des prés fleuris ;

En vain la nue au vol rapide
Se réfléchit dans l'eau limpide ;
La foule insensible et stupide
Etouffe les chants par des cris.

Et ta vie à gémir s'écoule,
Et tu fuis dans les bois déserts,
O poëte, tu fuis la foule,
Ta voix s'envole dans les airs !
Et si pourtant un jour ton âme
D'un saint espoir encor s'enflamme ;
Si tu viens fulminer le blâme
Ou prophétiser d'heureux jours,
Le siècle détourne la tête,
Il est sourd à ton chant de fête ;
Et l'on n'entend que la tempête
Des partis qui luttent toujours.

Pardonne à ce siècle qui souffre,
Il marche sans voir le chemin ;
Il marche sur les bords d'un gouffr
Pour le conduire tends la main !
Sans que ta voix faible, épuisée,
Trahisse ton âme brisée,
Ta parole, fraîche rosée,
Doit semer des fleurs sous les pas ;
Va donc toujours, parle sans crainte !

Plus de combats! plus de contrainte!
Sois le sauveur! brise l'étreinte
Du mal qui ne nous lâche pas!

Voudrais-tu mollement t'isoler de la foule,
Dormir près du ruisseau qui sur le gravier roule,
Et berce ta pensée avec un si doux bruit?
Voudrais-tu rester froid en voyant la détresse
De l'ouvrier vaincu que la douleur oppresse
   Et que la faim poursuit?

Oh! non, relève toi, poète, et dis aux hommes
Que Dieu fit le bonheur pour tous tant que nous sommes,
Comme il réchauffe tout à son soleil doré;
Que nous sentons en nous un instinct salutaire,
Et qu'avec l'union nous aurons sur la terre
   Un bien-être ignoré!

Mais cesse tes soupirs et ta plainte importune!
Cesse de déplorer une vaine infortune;
Pour émouvoir les cœurs il faut la vérité!
Plus de stériles vœux! plus de fade délire!
Un nom seul maintenant doit vibrer sur ta lyre,
   Et c'est l'humanité!

1840.

SATIRES, PLAINTES.

La Voix du Siècle.

Malheur à l'hypocrite, à la voix insensée
Qui prétendrait encore étouffer la pensée,
A qui briserait l'aile à la fille des cieux !
Malheur à qui dirait : — la pensée est impie. —
A qui voudrait toujours l'enchaîner assoupie
   Avec un voile sur les yeux !

Brûle donc tes liens, ô céleste étincelle!
O rayon du génie, ô Pensée immortelle,
Viens couronner nos fronts de ta sainte clarté!
On discutera tout dans le siècle où nous sommes;
Une lueur nouvelle éclairera les hommes :
Car du choc des esprits jaillit la vérité!

Malheur à qui voudrait clore notre paupière,
A qui ferait de l'ange apportant la lumière
Un monstrueux démon de l'enfer irrité!
Arrière les tyrans qui se cachent dans l'ombre,
Qui préparent des fers et font de la nuit sombre,
  Un linceul pour la liberté!

          1842.

La Voix du Poète satirique.

Pour le pauvre la vie est rude et difficile;
Lorsqu'il manque de pain, de travail et d'asile,
Au crime qui le tente il lui faut résister.
Mais le riche, toujours écoutant son caprice,
Aux plaisirs, à l'orgueil, ou bien à l'avarice,
      S'adonne à son gré sans lutter.

Ne vous étonnez pas que ma voix soit austère
Pour le froid possesseur des biens de cette terre;
Que j'attaque souvent ce privilégié;
Que je ne veuille pas souffrir son arrogance,
Tandis que mon cœur parle avec plus d'indulgence
      Au peuple digne de pitié.

Oh! combien d'hommes forts, prolongeant leur supplice,
De l'ongle s'accrochant sur la pente où l'on glisse,
Avant de succomber ont long-temps combattu!
Comme un bourreau muni de sanglantes tenailles
La faim aux longues dents déchirait les entrailles
   De ces martyrs de la vertu.

Je sais bien qu'ici-bas, pour s'ouvrir une route,
Il faut flatter le riche, ou jamais il n'écoute;
Il garde avec son or la clef de l'avenir.
Honte aux adulateurs! honte à celui qui tue
Son inspiration, à qui la prostitue;
   A l'apostat qu'on doit honnir!

Moi je ne me vends pas; et remarquant sans cesse
Qu'aux genoux des puissants, sans pudeur on s'abaisse,
Laissant le pauvre au loin expirer affamé;
J'ai consulté mon cœur, j'ai consulté mon âme,
Puis ils m'ont répondu dans un élan de flamme:
   Prends le parti de l'opprimé!

Pourtant je ne veux pas d'une voix imprudente,
Déchaîner tout-à-coup, dans sa colère ardente,
Le peuple, ce lion qui répand la terreur.
Malheur, malheur à tous, quand la vengeance lente,
Sourdement amassée, éclate enfin sanglante
   Dans son implacable fureur.

Hommes bons que jamais l'opulence n'altère,
Riches qui partagez avec le prolétaire
Ces biens et ces plaisirs que vous confia Dieu;
Vous, sincères tribuns dont la voix magnanime
Décèle avec ardeur l'amour qui vous anime,
         Jeunes gens à l'âme de feu;

Oh! je vous aime, vous! le monde et son étreinte
N'ont pas du sceau divin en vous brisé l'empreinte;
Vous conservez le cœur, don fragile des cieux;
Mais je hais l'égoïsme et toute hypocrisie,
Quel que soit le drapeau, la bannière choisie
         Sous laquelle on se cache aux yeux.

                              1841.

Bruit du Siècle.

Un jour j'ouvris les yeux, je vis tout sans prestige,
Et soudain mon regard fut frappé de vertige
Comme s'il eut trouvé quelque gouffre profond.
Et j'errai par la plaine aride et desséchée;
Je marchais triste, morne, et la tête penchée,
      Voyant ce que les hommes font.

Il me semblait entendre une mer orageuse;
Mille bruits agitaient une foule ombrageuse
Et luttant avec rage éclataient à la fois;
C'était le désespoir, la douleur, la démence;
C'était un lourd chaos, une Babel immense,
      Une confusion de voix.

Les uns allaient sonder Athènes, Sparte et Rome;
Mais d'autres invoquaient le Dieu qui se fit homme,
Et l'Evangile en main, disaient : égalité!
Sans cesse on entendait sortir de la tempête,
Comme un écho puissant que tout écho répète,
      Ce mot immortel : liberté!

Et le peuple souffrant s'agitait comme une onde,
On voyait se gonfler cet océan qui gronde,
Qui peut tout engloutir, qu'on brave lorsqu'il dort;
Le peuple, esclave, serf, paria, prolétaire,
Qu'il ne faut pas forcer d'ébranler cette terre
      Par ce cri : du pain ou la mort!

Le lâche assassinat, les blêmes suicides,
Le glaive, le poison, les fantômes livides,
Sans cesse dans les cœurs venaient jeter l'effroi.
De sanglants Fieschis, à la folle espérance,
De leur ignoble main croyaient changer la France,
      En voulant immoler un roi!

                          1841.

Le Siècle.

Ecoutez ! écoutez ! de cent choses mêlées
      Ce sont les bruits sourds et confus,
Et les cris discordants que dans les assemblées
      Jettent des avocats diffus !

C'est le peuple là-bas expirant sous la griffe
      Des Macaires aux doigts crochus ;
C'est le rude labeur, ce rocher de Sisyphe,
      Ecrasant les mortels déchus !

Siècle, tout charlatan, de sa voix souveraine
Promet un remède à tes maux ;
Et toujours on t'abuse, et toujours on t'entraîne,
Non par des faits, mais par des mots.

Chacun veut te guider, chacun pour ta blessure
Donne un dictame merveilleux ;
Chacun pour t'exploiter, te flatte ou te censure,
O jouet de l'ambitieux !

Et tu te montres fier, méprisant et sceptique,
Tu crois à ton vaste savoir.
On penserait, voyant ton sourire ironique,
Que rien ne pourra t'émouvoir.

Pourtant ce qui t'émeut, ce sont les grandes phrases
De tes impuissants orateurs.
D'un vain amour alors, étourdi, tu t'embrases
Pour de ternes législateurs.

De sueur et de sang tu te nourris sans crainte,
Et tu parles d'égalité !
C'est le règne de l'or, de la morne contrainte,
Et l'on chante la liberté !

Mais deux monstres vengeurs, en te rongeant le foie,
  Te suivent partout aujourd'hui;
Au milieu des plaisirs ils saisissent leur proie;
  Siècle, c'est le doute et l'ennui.

Et comme l'écureuil enfermé, qui sans cesse
  Marche sans avancer d'un pas,
Inquiet, pour courir, tu sors de ta paresse
  Hélas! mais tu n'avances pas.

Le passé tout entier de sa tombe poudreuse
  Fut tiré pour renaître en toi,
O notre époque! et rien n'a pu te rendre heureuse,
  Et l'avenir est ton effroi.

Tu rejettes soudain le hochet de la veille
  Qui dans tes mains vient s'avilir;
Tu brises ton idole, enfant, et c'est merveille
  De voir ce que tu fais vieillir.

De contrastes, d'erreurs, effrayant assemblage,
  Vieillard, enfant, tout à la fois,
Déjà ton front se ride, et tu sens avant l'âge
  Ton cœur dur et tes membres froids.

Où cours-tu donc toujours, vieux siècle, par l'espace,
Vers ton horizon rétréci?
O vieux siècle égaré, perdu dans une impasse,
Hélas! où cours-tu donc ainsi?

1840.

L'Or.

Nous eûmes autrefois le règne de l'armée,
    De la noblesse et du clergé ;
De l'éclat d'un grand nom toute âme était charmée ;
    Puis, de mains le sceptre a changé.

Maintenant... maintenant nous avons l'arrogance
    De nos riches agioteurs,
Des fourbes parvenus jetant sur l'indigence
    Des regards fiers et contempteurs.

Quant au pauvre ouvrier, dans sa misère extrême,
Il s'exténue, il meurt de faim;
Oublier est sa joie, hélas! chancelant, blême,
Il s'enivre, et manque de pain!

Il aime les guerriers dont il devient la proie;
Il souffre, et ne sait rien prévoir;
C'est l'aveugle bétail poussant des cris de joie
Quand on le mène à l'abattoir.

Les révolutions n'offrent au prolétaire
Ni le bonheur, ni la pitié;
Peuple, chair à canons, qu'on envoie à la guerre,
Va, tu n'es que le marche-pied!

———

Et, comme l'on a vu que de toutes carrières
La fortune ouvrait les sentiers,
L'honneur et la vertu sont de vaines barrières
Qu'enjambent les puissants altiers.

On juge le Génie aussi sur sa parure :
      Il faut qu'il ait des ornements ;
Car on le méconnaît s'il n'a quelque dorure
      Et de splendides vêtements.

Tout se vend à l'encan ; toute gloire s'achète
      Avant de prendre son essor ;
La jeune fille même, au fond de sa couchette,
      Ne rêve plus d'amour, mais d'or.

Le piéton tout honteux qui traîne ses sandales
      Dans la fange de nos trottoirs,
Sentant ses pieds meurtris se froisser sur les dalles,
      Retourne morne à ses comptoirs.

Car il sent dans son cœur naître une sombre envie,
      S'il voit des chars retentissants ;
La probité s'enfuit, le vice le convie
      Et flatte ses vœux incessants.

Enfant du siècle, viens vers ce palais, contemple
      L'édifice au front orgueilleux !
C'est *la Bourse* antre impur, du dieu-vol c'est le temple,
      Car le vol est au rang des dieux.

7

—

Eh! comment veux-tu donc, rhéteur enflant des phrases,
Que le faible soit respecté?
Pauvre impuissant, en vain par accès tu t'embrases
De zèle pour la liberté!

Pourras-tu refuser une chaîne qu'on dore,
Refuser le collier fatal?
N'encenseras-tu pas le faux Dieu qu'on adore,
Et que l'on fait d'un vil métal?

On voit de ces vertus qui fières et bruyantes
Jetaient des cris assourdissants,
Et qui tendant des mains tout-à-coup suppliantes
N'ont plus que d'ignobles accents.

L'or est la clef commune à toute conscience;
L'or est le plus puissant levier;
L'or dispense de tout : l'or donne une science
Pour corrompre le monde entier.

1840.

Travail et Misère.

L'autre jour j'entendis deux pauvres travailleurs
Qui, parlant à voix basse, exprimaient leurs douleurs.
Sur leurs fronts durs, ridés, et sur leurs blêmes faces
On voyait que la faim avait laissé des traces.
Leur dos était voûté, leurs yeux étaient haineux;
Je ne puis exprimer ce qu'on trouvait en eux,
De malheur effrayant, de sombre jalousie.
D'horreur et de pitié mon âme était saisie,
Hélas! en comparant ces pâles ouvriers
Sortant de leurs cachots qu'on appelle ateliers,
Avec l'homme si beau que de sa main féconde
Dieu créa noble et fort, et fit roi de ce monde.

Et je compris bientôt que l'un d'eux irrité,
Des puissants accusait la froide dureté :

...« Cependant, disait-il, quelques mets de leur table,
Quelques débris donnés d'une main charitable,
Ces débris superflus, restes d'un grand festin,
Sauveraient nos enfants que torture la faim!..
Faut-il vendre son corps, braver la maladie,
Sans obtenir du pain?.. faut-il donc qu'on mendie?
Nos femmes, nos enfants se meurent par degrés;
Nous travaillons sans cesse, hélas! désespérés,
Fatigués, affaiblis, nous ne pouvons suffire
A calmer cette faim qui toujours nous déchire. »

Et l'autre répondit : — « Mais des riches vraiment
Nous jettent une aumône, et très élégamment
S'en vont quêter pour nous de leurs mains bien gantées.
Puis n'ont-ils pas des bals et des fêtes vantées?
Ils se disent alors : — Le peuple a faim, dansons! —
S'ils savent vaguement nos douleurs, nos frissons.   (*)
Ils s'érigent ensuite en bienfaiteurs sublimes;
Et, s'admirant entre eux, se disent magnanimes.
Je méprise les gens qui vont, tendant la main,
Bassement supplier un Crésus inhumain;

(*) L'auteur est loin de blâmer les plaisirs qui ont pour but de soulager les pauvres, mais il fait parler un malheureux que la misère et la souffrance rendent injuste. Il ne faut pas oublier que cette partie du volume est celle des satires; le genre autorise la hardiesse. Ce livre est d'ailleurs l'écho d'une foule de voix différentes; on ne devra pas trop se hâter d'accuser l'auteur dont il sera facile, par l'ensemble de l'ouvrage, de connaître l'opinion calme et conciliatrice.

Que l'homme qui croupit dans l'ignoble paresse
Aille en rampant chercher la fin de sa détresse!
Il est des malheureux que l'on nourrit ainsi;
Mais pour nous point d'aumône! oh! non, non, car voici
Ce que nous voulons, nous, dans nos âmes plus fières :
C'est qu'un autre mortel toujours nous traite en frères;
Nous prétendons de l'homme avoir la dignité,
Et vivre en travaillant avec activité,
Non mourir chaque jour faute de subsistance....
— Et sa voix s'éteignit soudain dans la distance;
Il m'avait aperçu. Moi je quittai ce lieu,
Soupirant, et disant : hélas! hélas! mon Dieu!

1840.

Bruit du Siècle.

Quand l'arabe au désert, au simoun échappé,
Se traînant avec peine, et de sueur trempé,
　　　Vient tomber devant une tente;
Lorsque mourant de faim, et de soif haletant,
Il voit un frère.... Il trouve une main qu'on lui tend,
　　　Une hospitalité constante.

Mais les civilisés, endurcis dans le mal,
Ont bien le cœur du tigre et l'âme du chacal;
　　　Ces faux chrétiens, ils n'ont pas d'âme!
« Bah! — disent-ils, — le peuple, il boit, il chante, il rit;
Tandis que sur ses maux votre cœur s'attendrit,
　　　Lui hurle dans l'orgie infâme! »

Eh! ne voyez-vous pas qu'il devient insensé,
Qu'il est fou de misère et qu'il craint le passé?
      S'il rit, c'est qu'il est en délire.
On rit d'un rire amer quand on a le transport;
Quand la fièvre nous brûle, à l'heure de la mort,
      Parfois ne nous voit-on pas rire?

Ce qu'on ne peut comprendre et ce qu'on voit pourtant:
C'est que l'on meurt de faim dans ce siècle éclatant
      Des sciences et des lumières;
Qu'on manque de travail quand rien encor n'est fait,
Quand la terre est stérile et quand l'œil stupéfait
      Voit des marais et des chaumières.

16 Février 1840.

Bruit du Siècle.

Autrefois je croyais que nos représentants
Au bonheur du pays consacraient leurs instants;
Mais dans ce temps de lutte effrénée où nous sommes,
Un étroit égoïsme étreint le cœur des hommes.
Qui donc veut s'oublier pour ne penser qu'à nous,
Pour se sacrifier à l'intérêt de tous?
A la France, au pays, qui donc veut être utile?
En pareils dévoùments la Chambre est peu fertile,
Mais il faut des tréteaux à toute vanité;
C'est que chaque homme a foi dans sa capacité.
Aussi la politique est l'affaire importante,
La route des faveurs, le théâtre qui tente.

Pour diriger l'état chacun offre les mains.
On arrive au pouvoir par différents chemins ;
Car défendre le trône ou la démocratie,
C'est prendre une couleur que la foule apprécie.
L'un rampe et se prosterne afin de mieux monter ;
Un autre sait crier pour se faire acheter ;
On pille les emplois, l'homme adroit les cumule ;
Et si nous employons une vieille formule :
C'est le char de l'état que l'on tire en tous sens,
Qui, marchant comme il peut, renversant les passants,
Courant de chute en chute et d'ornière en ornière,
Foule le pauvre aux pieds comme fange et litière.

Politique profond qui veux être acheté,
Tu prévois l'avenir : la popularité,
C'est une bonne échelle, une pierre d'attente ;
Tu sais dans quel endroit il faut dresser ta tente ;
Suis donc, ô voyageur, ce tortueux chemin :
Sois aujourd'hui tribun et ministre demain !
Mais au sommet glissant, où si vite l'on tombe,
La popularité trouve toujours la tombe.

Et tandis qu'aux badauds on montre ces combats,
Pourtant le peuple souffre et les maudit tout bas.
Le peuple, eh ! qu'a-t-on fait pour la foule affamée ?
Prétend-on la nourrir de bruit et de fumée ?
Écoutez, écoutez ! voici des avocats
Qui livrent aux canons cinq-cent-mille soldats :
Le pays encombré reprend trop d'énergie ;

Qu'importe que de sang la terre soit rougie ?
La jeunesse inquiète est dangereuse, allons,
Jetons-là tout armée au milieu des sillons !
Car le son des tambours, et ce seul mot *la guerre,*
Soudain rendront joyeux ceux qui criaient naguère.
Les hommes qu'aux travaux leur bras ne nourrit pas
Trouveront dans l'armée un glorieux trépas.
Des pauvres immolons la troupe résignée !
Au grand corps social faisons une saignée !
La pléthore est à craindre.... » A vous honte et mépris !
Vous êtes fiers et vains ; vous n'avez rien appris ;
L'égoïsme toujours vous pousse à l'artifice ;
Vous voulez imposer la loi du sacrifice !

1840.

L'Egoïsme.

Egoïsme ! égoïsme ! ô monstre au cœur de fer,
Si l'enfer existait, tu viendrais de l'enfer !
       Cache ton regard louche !
Il est faux ton regard ; tu te ris de nos maux,
Hypocrite masqué ; je ne crois plus aux mots
       Qui sortent de ta bouche.

Comment l'amour de soi, ce salutaire instinct
Qui doit conserver l'homme, un jour a-t-il atteint
       Ce hideux paroxysme ?
Comment étouffe-t-il la générosité ?
Comment a-t-il éteint l'amour et la bonté
       Sous son dur despotisme ?

8

Egoïste, on t'a dit : — Voici des ouvriers
Sans vêtements, sans pain, qui meurent par milliers ! —
Tu réponds : — Que m'importe ! —
Mais le Typhus éclate, augmente par degrés ;
Bientôt il corrompt l'air de tes salons dorés,
Et le fléau t'emporte !

1836.

Misère en Angleterre.

Oh ! c'est donc là, voyez, l'égoïste Angleterre !
Elle a d'avides bras pour étouffer la terre
Et pour la pressurer, pour en exprimer l'or ;
Rançonnant à la fois tous les peuples du monde,
Elle a de grands vaisseaux qui vont, fatiguant l'onde,
Echanger des poisons contre quelque trésor !

Ces biens, qui les possède ? une aristocratie
Dont le cœur est glacé, dont l'âme est endurcie.
La famine, au foyer, ronge l'anglais si fier ;
Un cancer le dévore ; une horrible indigence !
L'Irlande voit enfin arriver la vengeance :
La faim peut déchaîner et la torche et le fer,

1842.

A un Riche.

Homme au cœur vide et froid, riche à la folle vie !
Ce n'est pas ton éclat, ton luxe que j'envie ;
Ce n'est pas ce boudoir, temple de ta beauté,
Où tu t'adores seul, triste divinité !
Que font à mon esprit ces tentures de soie,
Ces tapis, ce duvet, et ce satin qui ploie,
Vers lesquels tu conduis une naïve enfant
Qui croit à ton sourire et bien mal se défend !
Que me fait ton coursier portant la tête haute,

Qui bruyant, fier et vain, hennit, se cabre et saute,
Comme toi, pauvre riche, inutile ici-bas !
Mais j'aimerais les arts que tu ne comprends pas,
Si j'étais riche, moi; je nourrirais mon âme
De ces chefs-d'œuvre ou brille une divine flamme,
Et non de ce qu'un luxe à grands frais acheté
Peut offrir de clinquant à notre vanité.
De mon or je voudrais faire un plus noble usage,
Semer quelques bienfaits pour marquer mon passage.
Ah ! c'est un doux pouvoir dont je suis désireux,
Que celui de sécher les pleurs des malheureux !

1841.

Un Chant d'amour.

Allons, un chant d'amour, un chant d'amour encore!
Quand résonne ce mot sur la corde sonore,
Par un charmant émoi le cœur est agité,
Bientôt l'extase en nous verse la volupté.
Ah! chantons donc l'amour, chantons, mon luth fidèle!
Prenons à la colombe un doux battement d'aile;
Prenons un doux murmure à l'onde du ruisseau,
Des frissons au bosquet et des chants à l'oiseau;
A l'insecte, à la brise, à tout ce qui soupire
Prenons une chanson qui mollement expire;
Car tout bruit qu'on entend plaintif ou solennel
Est un hymne d'amour montant vers l'éternel!

Jeune fille au front pur, quand tu dors sur ta couche
Et qu'un beau rêve ailé fait sourire ta bouche,
Comme un sylphe qui veut sur toi se reposer,
Te croyant une fleur, ou cherchant un baiser;
Lorsque tu dors, parfois ne vois-tu pas en songe
Un jeune homme passer, quel séduisant mensonge!
Jeune homme aux cheveux noirs, flottants, à l'œil de feu,
Ou bien aux cheveux blonds, à l'œil limpide et bleu?

Et toi, mon jeune ami dont la tête est pensive,
Souvent dans ton sommeil, l'image fugitive
De quelque vierge chaste au long regard voilé
N'apparaît-elle pas à ton cœur isolé?
Vierge qui rougissant, semble vouloir te dire:
— Je t'aime. — Et qui de l'ange a le divin sourire?
Mais comme de bonheur et de joie enivré,
Tu veux tendre la main, tout s'est évaporé.

Heureux les jeunes gens que l'amour berce encore,
Car pour eux l'horizon de bonheur se colore!
Heureux le jeune cœur enflammé d'un amour
Qui fait rêver, la nuit, qui fait rêver, le jour!
Celui-là n'ira pas dans nos fétides villes
Se souiller au contact de quelques femmes viles.
Oh! non: car l'amour pur, en donnant le bonheur,
Conduit l'homme toujours à la gloire, à l'honneur.

Quand plein d'illusions le cœur est chaste encore,
Lorsqu'on a ce beau front qu'un air naïf décore;

Souvent ne dit-on pas, se sentant enflammé
De quelque amour subit : — quel plaisir d'être aimé!
Quel plaisir d'obtenir, de posséder pour femme,
Un être frêle, aimant, que l'on porte dans l'âme;
Que l'on aime ici-bas comme l'ange aime Dieu;
Que l'on ne quitte pas, qui nous suit en tout lieu;
Femme qui se dévoue et qui se montre fière
Si la gloire nous vient pendant notre carrière;
Femme dont on est tout, dont on est le soutien,
Le plaisir, le bonheur, l'idole, le seul bien!

Oui, l'on dit tout cela, si l'on voit, douce chose,
Passer la jeune fille à la figure rose,
Qu'elle ait des cheveux bruns en bandeaux séparés,
Ou de pâles cheveux à la brise égarés;
Qu'elle ait un chaud sourire et des yeux pleins de flamme,
Ou des yeux veloutés qui dévoilent son âme.

Nos beaux rêves, hélas! durent bien peu d'instants,
L'été brûle les fleurs qui naissent au printemps;
Adieu tous les parfums que le printemps exhale!
Adieu premier amour! adieu vierge idéale!
C'est que d'abord on suit l'impulsion du cœur;
Bientôt un froid calcul dans l'esprit est vainqueur :
Il faut avec éclat dans le monde apparaître.
Le monde est un bourreau qui toujours parle en maître:
A la femme il a dit : — que nous font les serments?
O folle enfant, voici de l'or, des diamants,
Des perles, des tissus venus de Cachemire,

Un boudoir somptueux où debout l'on se mire ;
Les hommes à genoux, en voyant ta beauté,
Vont t'adorer ainsi qu'une divinité ;
Tu pourras imposer à tous ta fantaisie,
Tes rivales alors mourront de jalousie. » —
A l'homme il dit aussi : — « Laisse donc cette main
Que tu tiens tendrement, laisse, et suis ton chemin !
Que nous font les sanglots, les larmes répandues !
Qu'importe qu'il y ait tant de femmes perdues !
Va, la fille du peuple est pour l'homme souvent
Un jouet que l'on cède, un jouet qui se vend ! »
— Et l'ambition dit : « — Cherche donc la fortune !
L'amour bientôt s'éteint quand la gêne importune
Comme un épouvantail a montré l'avenir ;
Lorsqu'on voit à grands pas la misère venir.
A tes efforts le monde oppose une barrière ;
Sans or tu resteras dans ta profonde ornière ;
Mais l'or te donnerait la gloire et les honneurs,
Car la fortune seule a la clef des bonheurs.
Et puis pour tes enfants tu n'aurais pas à craindre ;
Tu ne les verrais pas en languissant s'éteindre
Après avoir maudit tout bas leurs jours flétris
En proie à la misère, à la honte, au mépris. »

Voilà, voilà pourquoi les hommes sont avides,
Avares, sans pitié, pourquoi les cœurs sont vides,
Et pourquoi l'on n'entend de lugubres concerts :
Blasphèmes et sanglots se croisant dans les airs ;
Voilà pourquoi l'on voit les chagrins homicides,

Les poignants désespoirs, les blêmes suicides!
Oh! réchauffera-t-on l'âme trop à l'étroit
Qui reste souffreteuse et qui tremble de froid,
Qui, croyant à l'amour, rencontre l'égoïsme,
Qui ne trouve que marbre et que positivisme?
Qui donc l'empêchera de chercher le néant
Devant le désespoir, gouffre toujours béant?

Oui, c'est tristement vrai, dans le siècle où nous sommes,
Tout s'achète ici-bas : les femmes et les hommes;
Et l'amour qui devrait être saint, respecté,
N'est qu'une ignoble vente, encan vil, détesté.
Il produit le dégoût, c'est un calcul d'avare,
Ce que l'amour unit, le monde le sépare;
L'or pare la laideur, efface les serments
Et procure au vieillard de doux embrassements!
Mais cet amour vendu c'est de l'ignominie!
De l'ordre naturel quelle amère ironie!...

Hélas! j'ai fait grincer une corde de fer,
Moi qui cherchais le ciel, ah! j'ai trouvé l'enfer!

1839.

Une Sirène.

Elle est blanche et jolie, elle est svelte, elle est belle;
Elle a de grands yeux noirs dardant une étincelle,
Une taille élancée à tenir dans deux mains,
Une gorge suave à charmer les humains,
Un sourire d'enfant, des formes arrondies
Qui raniment soudain les âmes engourdies.
Son corset gracieux, inutile soutien,
Se moule sur son corps sans gêner son maintien;
Mais sa hanche est puissante, et sa jupe de soie,
Ondulant à longs plis, amplement se déploie.
Sous sa tunique chaste, un pied mystérieux,
A peine apparaissant, se décèle à nos yeux.

9

Son cou volupteux sur son épaule blanche
Avec grâce toujours se relève ou se penche.
De son front haut et pur, ses cheveux partagés
Retombent en anneaux mollement allongés.
Et sa bouche est rosée et fraîche, si jolie,
Qu'en la voyant, d'amour on a l'âme remplie ;
Les sens, d'un feu nouveau soudain sont embrasés,
Et l'on se prend, dans l'air, à chercher des baisers !

Certes un potentat, la plaçant sur le trône,
Pour elle eût oublié le sceptre et la couronne ;
Pour elle, un vieux soldat aurait donné sa croix,
Un saint, du pur esprit eût méconnu la voix.
Un artiste eût donné l'avenir pour voir nue
Cette femme au beau corps mais à l'âme inconnue.
L'avare à cette femme eût offert tout son or,
Un jeune homme eût offert son cœur, son seul trésor !

— La beauté ! la beauté, c'est la perle du monde !
Malheur à qui la livre à tout passant immonde ! —
Eh bien, de ses attraits, divins présents de Dieu,
Cette femme pourtant dans un ignoble lieu
Faisait un vil trafic ! à tout signe accourue,
Sans voile et sans pudeur, au premier coin de rue,
Elle disait, s'offrant à l'opprobre, à l'affront : —
Me voici, prenez-moi ! — sans rougeur sur le front !
Elle livrait sa bouche avec un rire infâme,
Et son corps gracieux... la malheureuse femme !

1841.

Une Voix de Jeune Fille.

L'herbe embrasée
Sous la rosée
Peut refleurir ;
On voit la rose
Que rien n'arrose
Bientôt mourir.

A cette vie
Rien ne convie
Mon pauvre cœur ;
Je suis jolie,
Et l'on m'oublie
Dans ma douleur.

Ame isolée,
Inconsolée,
Quand je gémis,
Moi j'importune,
Car l'infortune
N'a pas d'amis.

J'ai pour richesse
Et ma jeunesse,
Et ma beauté,
C'est peu sans doute,
Puisqu'on redoute
Ma pauvreté.

Oh! je suis pure,
Et sans souillure
Je resterai,
Mais, dans ma voie,
Toujours sans joie
Je gémirai.

Pas de sourire,
Nul ne m'admire
Sous le satin ;
Pour moi parée
Pas de soirée
Jusqu'au matin.

Pas de guirlande
Que pour offrande
Donne un époux
Dont les mains tremblent,
Dont les yeux semblent
Aimants pour nous.

Mon ciel se voile,
Pas une étoile,
Pas un beau jour;
Il faut à l'âme
De toute femme
Un peu d'amour.

L'aimable chose
Qu'un enfant rose
Sur nos genoux...
Hélas, chimère,
Le nom de mère
M'eût semblé doux.

Pas d'hyménée,
Et chaque année
Fuit à mes yeux;
Mon front qui tombe
Cherche la tombe;
Mon cœur, les cieux.

Sainte madone,
Par ta couronne
De blanches fleurs,
Oh! je te prie,
Vierge Marie,
Sèche mes pleurs!

Ouvre la nue!
Mon âme émue
Succombe, hélas!
J'ai, solitaire,
Assez sur terre
Porté mes pas.

Est-ce un mensonge?
Souvent en songe
Je vois aux cieux
Un ange même
Qui me dit — « j'aime
Tes deux beaux yeux.

» Ici ma flamme
Cherche ton âme,
Ma chaste sœur!
Et je soupire
Sans ton sourire
Et sans ton cœur. »

— Sans ton sourire
Moi je soupire
Ainsi que toi ;
Ange fidèle,
Viens ! d'un coup d'aile,
Enlève-moi !....

—

Et d'un coup d'aile
L'ange fidèle
Vint, l'enleva.
Pauvre fillette !
Froide et muette
On la trouva.

1840.

Bruit du Siècle.

Toi qui gémis, regarde autour de toi, la vie
Est bien pénible; et l'homme, à qui l'on porte envie,
A sa croix, ses douleurs, avant de voir le ciel.
Ah! tout malheureux voit une infortune pire;
Tout front est déchiré; tout cœur saigne et soupire;
      Toute coupe a du fiel!

Et pourtant le Seigneur a soufflé dans notre âme
Une aspiration vers la joie, une flamme
Qui nous pousse à chercher un bonheur idéal!
Oui, mais l'humanité s'écarte de sa route,
Et l'espoir passager laisse après lui le doute,
      Dans ce siècle fatal!

La Vie.

Naître, apprendre et souffrir, aimer et puis souffrir,
Travailler et souffrir, regretter et mourir.

L'homme ressemble au lac, limpide à la surface,
Où se mirent les bois, la nature et les cieux;
Mais ce charmant tableau dans la fange s'efface
Quand le vent a troublé les flots mystérieux.

L'eau qui parmi les fleurs doucement se promène,
Est bien claire au-dessus, mais la boue est au fond.
Qui donc devinera sur une face humaine
Ce qu'un homme a caché dans son cœur si profond?

La passion, le flot, lorsque se tait l'orage,
Donnent la vie au cœur, au lac harmonieux;
Mais lorsque la tempête a déployé sa rage,
Le flot s'enfle et soudain semble insulter les cieux.

Qui peut dire combien l'âme fière et blessée
Sait trouver de fureur dans son égarement,
Et combien de limon une vague insensée
Réveille et fait rouler dans le flot écumant?

Tout homme se dévoile ou paisible ou farouche
Quand sur lui le malheur jette un ongle de fer.
Le malheur est, dit-on, cette pierre de touche
Qui donne l'ange au ciel, les damnés à l'enfer.

1842.

Une Pensée du Siècle.

Isolé, l'homme est faible, il égare ses pas ;
Mais toute force naît de l'union féconde.
Comme un insecte vil l'homme rampe ici-bas ;
Les hommes réunis sont les maîtres du monde !

10 mai 1842.

Bruit du siècle.

Certes pour députés il faut des hommes sages
Et non de beaux parleurs portant de faux visages;
Mieux vaudrait moins de bruit et plus de probité.
Arrière donc ces gens à la voix éloquente,
Dont le regard convoite une place vacante,
Et qui pour un peu d'or vendraient la liberté !

Arrière aussi tous ceux dont la feinte colère
Fait une scène avec un grand bruit populaire!
Car l'on croit à l'ardeur dont ils sont enflammés;
Mais si le roi leur jette, ainsi qu'une pâture
Ou quelque ministère ou quelque préfecture,
Sur la proie on les voit se ruer affamés.

Nous sommes las enfin, des luttes inutiles ,
Des personnalités, et des hommes-reptiles
Qui glissent sous la main, en changeant de couleur ;
De ces gens qu'on méprise et pourtant qu'on accueille ;
Des combats dont le prix est un grand porte-feuille
Qui tente une avarice avide et sans pudeur.

Ce débat divertit le badaud politique,
Mais parfois il égare aussi le cœur civique ,
Le lecteur trop naïf des journaux de Paris.
Mon pauvre ami , souvent il est de faux apôtres ;
Les gouvernants nouveaux ressembleront aux autres,
Et nul nécoutera tes plaintes ni tes cris.

———————

La jeunesse au grand cœur, qui jamais ne recule ,
Se laissant enflammer par un bruit ridicule ,
Mettant sans réfléchir les armes à la main ,
De blessés, de mourants, jonchera le chemin.
De leur sang, des soldats, martyrs d'obéissance ,
Du pouvoir ébranlé scelleront la puissance.
Par le bruit des canons, par le son des tambours ,
Paris attirera l'écume des faubourgs ;
Les cadavres partout encombreront les rues ;
Tout cédera peut-être aux troupes accourues ;
La mort , les hôpitaux auront fait leurs moissons
Et l'on pourra glaner pour remplir les prisons.

Oh! la France vraiment est-elle peu de chose
Pour qu'on l'expose ainsi sans respect et sans cause?
Est-ce une lice ouverte à chaque individu
Qui voudra qu'à tout prix son nom soit entendu?
Malheur! ô citoyens, la voix de la patrie
Ne touche plus vos cœurs; c'est en vain qu'elle crie :
« Quand donc sortirez-vous d'un cercle vicieux?
Mes enfants, ménagez votre sang précieux!
La terre est grande et belle, il faut qu'on l'utilise,
Mais c'est pendant la paix qu'elle se fertilise;
Vos combats désastreux et toujours rallumés
Ne donneront, hélas! aux peuples affamés,
Que la ronce et l'ortie au lieu de l'abondance,
Que la faim, que la mort et que la décadence! »
— Ah! c'est avec raison qu'elle vous parle ainsi!
Réunissez-vous donc, puis écoutez ceci :
Laissant là les rhéteurs et leur vaine faconde,
Rendons toute richesse à la France féconde!
Aimons et protégeons nos frères malheureux!
Ayons des mots d'espoir et des secours pour eux;
Jugeant tout sur l'effet, non sur la théorie,
Introduisons le vrai dans la fausse industrie!
Cherchons à ranimer par des moyens vainqueurs
Et la santé des corps et la santé des cœurs!
Toujours le paupérisme, abat l'âme et l'altère;
C'est la rouille ou la lèpre au pouvoir délétère,
Le poison corrodant tout sentiment natif,
Donnant un mauvais cœur avec un corps chétif.
Et l'enfant malheureux suce au sein de sa mère

Et le vice et la haine avec l'envie amère.
Amis, faisons si bien pour notre nation,
Que le pauvre ait du pain et de l'instruction;
Que le peuple nouveau, race régénérée,
Retrouve un sang plus pur, puis une âme éclairée;
Et qu'enfin désormais il ait d'autres désirs
Que de chercher l'oubli dans d'ignobles plaisirs !
Oui rendons l'abondance et la vie à la terre !
De l'abrutissement sauvons le prolétaire !
Unis, bons et puissants, magnanimes rivaux,
Faisons naître la joie au milieu des travaux !
Que l'on comprenne enfin le vrai radicalisme :
Ce n'est point par la guerre et par le vandalisme
Que nous pourrons atteindre à la félicité.
Le succès par le meurtre est bien cher acheté,
Et parfois dans le sang le pied glisse et l'on tombe;
Ne cherchons pas la gloire à côté d'une tombe.

1840.

N'entendant ici-bas que la voix du malheur,
Que la plainte sans fin qu'exhale la douleur,
Je m'écriai : les champs sont un sujet d'étude ;
Fuyons seul avec Dieu dans quelque solitude !
Car tout cri de douleur qui m'arrive éperdu
Sur mon cœur frappe et tombe ainsi qu'un plomb fondu.
J'allais donc au hasard, cherchant la poésie,
Langue douce à parler que mon âme a choisie.
Je marchais en silence ; il me semblait parfois
Dans l'air et dans les cieux distinguer une voix.

La nature était calme ; on entendait à peine
Frissonner sous le vent le feuillage du chêne.
Mais une lyre en moi disait : que l'air est pur !
Que le soleil est beau dans son palais d'azur !
Qu'avec ses prés en fleurs notre terre a de charmes!
Pourtant l'homme ne sait que l'arroser de larmes !

1841.

BRUITS GUERRIERS.

Nos soldats massacrés!... Vengeance! Il faut partir.
Ecoutez vers l'Atlas ce long cri retentir!
       L'Arabe a relevé la tête.
Le tigre tout-à-coup a quitté les déserts;
Vers nous il a bondi. Voilà que dans les airs
       Flotte l'étendard du prophète.

Il chasse avec fureur nos colons alarmés;
On égorge là-bas les hommes désarmés,
       Les blessés, les enfants, les femmes!..
Quand ils pourront nous voir, les lâches meurtriers,
Lorsqu'en face ils auront nos sublimes guerriers,
       Ils se sauveront, les infâmes!

Et vous Tunis, Maroc, craignez notre courroux !
Tous les traîtres bientôt ramperont à genoux,
      Car on peut foudroyer vos villes.
A l'aspect des lions fuiront les léopards;
Ennemis méprisés! derrière vos remparts
      Cachez-nous bien vos têtes viles !

Ils s'envoleront tous comme le sable au vent.
Leur ardeur va s'éteindre ainsi qu'en s'élevant
      S'éteint la gerbe d'étincelles.
D'une lutte sanglante évitant les dangers,
Ils devront leur salut à leurs coursiers légers;
      Ils fuiront comme des gazelles.

Ils n'attaquent jamais l'adversaire puissant
Et c'est pour mutiler leur ennemi gisant
      Qu'ils ont une vigueur atroce.
Ils s'acharnent au meurtre avec d'horribles sons.
Ah! quels rugissements!... En marche, commençons
      La chasse à la bête féroce!

Déployons nos drapeaux, car nos frères sont morts!
Le chacal affamé va dévorer leurs corps!..
      Frappons, frappons, plus d'indulgence!
Oh! tremble, Abd-el-Kader, ton étoile pâlit,
Et cette trahison te perd et t'avilit!
      Nos soldats ont crié : — vengeance!

                           1840.

Mazagran.

Quoi ! — se disait l'Arabe accroupi dans sa tente : —
Quelques hommes tremblant dans une morne attente,
Têtes que Mahomet semble nous réserver ;
Quoi ! ces quelques chrétiens brisés par la souffrance,
Ces soldats affamés, pleurant loin de leur France,
       Oseraient nous braver !

    Que sous les coups du cimeterre
    Bientôt se rougisse la terre !
    Des braves il faut le concours.

11

Soldats, c'est une guerre sainte,
Ils périront dans cette enceinte,
Ces Français dont la voix éteinte
En vain demandera secours.

Loin de nous une crainte infâme !
Celui qui fuit comme une femme,
Des morts n'aura pas le butin.
La lâcheté, rien ne l'efface,
Car elle apparaît sur la face;
Honte au poltron ! ah! quoi qu'il fasse,
Il ne fuira pas son destin.

Bravons le fer et la mitraille!
Heureux qui meurt dans la bataille,
Car aux cieux sa houri l'attend.
Oh! venez enfant du prophète!
Allah vous convie à la fête.
On donnera pour chaque tête
Cent boudjoux, un sabre éclatant.

Et voilà que soudain des monts et de la plaine
Accourent cent tribus que sur ses pas entraîne
                Mustapha-Ben-Tamy.
De cavaliers la terre est-elle donc couverte?
Partout les blancs bornous cachent la plaine verte,
                Partout c'est l'ennemi.

Sur leurs coursiers fougueux, légers, aux jambes grêles,
Les voyez-vous bondir comme des sauterelles,
      Les enfants des déserts?
Ils viennent; les voilà! la fureur les rassemble.
Et douze mille voix soudain jettent ensemble
      Leurs clameurs dans les airs!

Pourtant, dans Mazagran, quelques-uns de nos braves,
De leurs murs protecteurs maudissaient les entraves;
      Ils étaient cent vingt-trois.
Leur cœur ne battait pas d'effroi sous leur poitrine;
L'audace et la fureur qui gonflaient leur narine
      Eclataient dans leur voix.

A moi, leur dit Lelièvre, à moi, fils de la France!
Nous pouvons résister, préparons la défense!
      Le cœur nous rendra forts.
Et si le sort jaloux nous garde une défaite,
Amis, tentons au moins pour sauver notre tête
      D'héroïques efforts!

La joie accueille alors la voix du capitaine;
Il semble provoquer de sa face hautaine
      Les Arabes voisins.
Mais soudain à l'assaut monte une brave élite
Qu'un fanatisme aveugle à ce combat excite :
      Deux mille fantassins.

Regardez la bataille !
Ecoutez la mitraille
Qui déchire les airs,
Qui trace un chemin large !
Le tambour bat la charge,
Fait vibrer les déserts.

Et l'ennemi s'élance;
Nos soldats en silence
L'attendent sur les murs.
Et tout assaillant tombe;
Et l'Arabe succombe
Sous des coups prompts et sûrs.

C'est en vain qu'avec rage
Il hurle, son courage
Se brise avec son corps.
Des flots de sang ruissellent,
Et des morts s'amoncellent
Sur des monceaux de morts.

Mais après quatre assauts, après quatre journées
D'incroyables combats, de luttes acharnées,
L'ennemi dut cesser d'inutiles efforts.
On entendit la nuit, au milieu des ténèbres,
Des plaintes, des sanglots et les adieux funèbres
Que l'Arabe donne à ses morts.

Quand le jour fut venu, les champs parurent vides ;
Dans les silos on vit des cadavres livides
Que l'Arabe avec lui ne pouvait emporter ;
Et morne cependant, il traînait à sa suite
Un lourd convoi de morts dans la honteuse fuite
      Qu'aucun chef ne sut arrêter.

Quand de Mostaganem la troupe généreuse
Put diriger enfin sa course aventureuse
Vers Mazagran, hélas ! pauvre fort délabré ;
Sur les murs, nos soldats veillaient à leur défense,
Et dans les airs flottait l'étendard de la France,
      Debout, glorieux, déchiré !

                    1840.

Napoléon, cantate. (*)

(Les journaux venaient d'annoncer que les restes de Napoléon allaient nous être rendus.)

Là-bas, sur l'écueil solitaire,
Dormait le soldat couronné,
L'homme qui foudroya la terre,
Et qui mourut abandonné!
L'homme qui dans des lieux sans nombre
Empreignit ses pas glorieux,
Reposait sur un écueil sombre
Battu par les flots furieux.
Mais écoutez ce cri de délivrance :
— Son exil va finir.
On t'a rendu ta gloire entière, ô France!
Napoléon va revenir!

(*) Cette cantate a été chantée sur le théâtre de Saint-Quentin. M. Albert Courtois en avait composé la musique avec chœurs et à grand orchestre.

Quel est donc ce bruit militaire
Qui tout-à-coup remplit les airs,
Qui vient émouvoir, sur la terre,
L'homme jusqu'au fond des déserts?
C'est que l'aigle a tendu son aile,
C'est que l'aigle a pris son essor;
Sa voix puissante et solennelle
A retenti jusqu'au Tabor.
L'entendez-vous ce cri de délivrance?
— Son exil va finir.
On t'a rendu ta gloire entière, ô France!
Napoléon va revenir!

Oh! puisqu'il te fallait l'espace,
Tu dois être heureux dans les cieux!
Mais voit-elle ce qui se passe,
Ton âme au vol ambitieux?
Voit-elle l'ennemi qui semble,
A ton nom, frappé de terreur?
Tes vieux guerriers pleurant ensemble
En retrouvant leur empereur?..
Et répétant ce cri de délivrance:
— Son exil va finir,
On t'a rendu ta gloire entière, ô France!
Napoléon va revenir!

Mai 1840.

La Guerre.

Hélas ! un bruit confus, sinistre, militaire,
Grondant comme un orage, épouvante la terre,
     De l'Orient à l'Occident.
O Guerre détestée, ô démon des batailles,
Vas-tu donc déchainer tes canons, tes mitrailles,
     Et jeter ton cri discordant ?

Clairons, tambours, cessez vos rumeurs infernales !
Vous, ne renaissez plus, haines nationales !
     Que tous les peuples soient amis !..
Eh quoi, ce sont des cris de fureur et de guerre
Menaçant les vivants et troublant sous la terre
     Les os des guerriers endormis !

Pourtant on avait fait un traité d'alliance,
Et les peuples contents, unis, sans défiance,
            Marchaient en se donnant la main.
Hier c'était la paix, hier c'était la vie,
Dans ce moment déjà c'est la haine et l'envie
            Et ce sera la mort demain !

Ce bruit qui de nouveau vient effrayer le monde,
C'est la guerre partout, sur la terre et sur l'onde,
            La guerre pour des potentats !
Voyez, voyez sur mer le brick et la frégate,
Les grands vaisseaux, les mâts couronnés d'écarlate,
            Les ponts hérissés de soldats !..

Les requins affamés et les poissons difformes,
En voyant défiler ces navires énormes,
            D'effroi plongent au fond des eaux ;
Mais bientôt le canon fera des places vides ;
Le sang attirera tous ces monstres avides
            A la suite de nos vaisseaux.

O Guerre détestée, ô démon des batailles,
Vas-tu donc déchaîner tes canons, tes mitrailles,
            Et jeter ton cri discordant ?
Hélas ! un bruit confus, sinistre, militaire,
Grondant comme un orage, épouvante la terre,
            De l'Orient à l'Occident !

                                        1841

Les Restes de Napoléon aux Invalides.

I.

Ah! maintenant il dort dans sa France chérie!
Hélas! depuis vingt ans, notre morne patrie,
En rougissant de honte, endurait un affront!
Et toi, tu conservais ta tombe solitaire,
O conquérant du monde, enfermé sous la terre!
Le sol de l'étranger était lourd sur ton front.

Nos soldats le savaient et frémissaient de rage.
Ton souvenir altier réveillait le courage
Des vainqueurs d'Iéna, de leurs nobles enfants.
Et nous avions toujours cette auguste espérance :
Qu'un jour avec éclat tu reviendrais en France,
      Sous nos yeux triomphants ;

Que, ton saule isolé pleurerait ta grande ombre ;
Que Sainte-Hélène un jour retomberait dans l'ombre
Après avoir brillé sous ton astre éternel ;
Que dans ton île enfin l'on nous verrait descendre ;
Que nos marins joyeux rapporteraient ta cendre,
A la face des rois, dans un jour solennel !

Hé bien ! c'est fait. L'Europe en est encore émue.
Il semble que le sol incessamment remue ;
Et le globe inquiet frissonne, à ton retour.
Nous te possédons... mort ! nous relevons la tête,
Mais nous pleurons ; le deuil, troublant les chants de fête,
      Se mêle aux cris d'amour.

II.

Pourquoi faut-il qu'un crêpe sombre
Obscurcisse les trois couleurs ;

Que pour te voir, venus sans nombre,
Tous ces soldats versent des pleurs ;
Qu'il ne reste de l'invincible
Que son corps, poussière insensible,
Sourde même au bruit du canon ;
Que ce colosse militaire
Ne laisse après lui sur la terre
Qu'un souvenir, qu'un mot, qu'un nom !

Ce mot qu'il laisse, c'est la gloire,
Ce souvenir est immortel ;
Chaque guerrier dans sa mémoire
A ce nom consacre un autel.
C'est que Lodi, Wagram, Arcole,
D'une impérissable auréole
Ornaient déjà ce nom vainqueur !
C'est que l'éclat qui le décore,
Dans ce grand jour augmente encore,
Sans laisser d'amertume au cœur !

III.

Ce fut un beau triomphe, unique dans l'histoire,
Qui plut à notre orgueil, ainsi qu'une victoire,
        Quand tu revins, Napoléon !
Lorsque Bertrand, Joinville, et Moncey qui te pleure,

12

Te menaient sous ton dôme, à ta riche demeure,
Au Capitole, au Panthéon!

Rangés sur ton chemin, les fameux capitaines,
Et les rois de la France, aux figures hautaines,
Devant toi venaient se baisser;
A te voir étonnés, tous ces pâles grands-hommes
Semblaient de leurs tombeaux, comme de blancs fantômes,
S'échapper pour te voir passer.

O France, honneur à toi! tu trouves dans tes gloires,
En moins de vingt-cinq ans, cent combats, cent victoires,
A pavoiser devant un char!
O grande nation, quand ta voix souveraine
Appelle les héros; ils accourent, ô reine!
Ils s'inclinent devant César!

La mort, la tombe, rien ne peut leur faire obstacle;
Ils se réveillent tous; — quel magique spectacle! —
Au bruit des tambours, des canons!
D'allégresse soudain un peuple entier s'enivre;
Mêlant ses cris au chant des instruments de cuivre,
Des guerriers il redit les noms.

Toute gloire est à nous : tout héros nous enflamme,
S'il vainquit l'étranger sous la pâle oriflamme,

Ou sous les splendides couleurs.
Nous vous saluons donc, gigantesques images!
Qu'à vos pieds à la fois tombent cent mille hommages
　　Et des lauriers mouillés de pleurs!

Et toi, mon empereur, que dis-tu de la fête?
Les rois comme autrefois viennent courber la tête
　　Sous tes regards triomphateurs.
Que dis-tu de Paris, ta belle capitale,
De la riche cité qui sous tes yeux étale
　　Sa pompe et son luxe enchanteurs?

Oh! que d'éclat on voit partout! que d'uniformes!
Et que d'hommes montés jusqu'au sommet des ormes
　　Pour crier : vive l'empereur!..
Mais lui passait couché sous l'arche colossale,
Et l'astre d'Austerlitz, auréole idéale,
　　Jetait sa magique splendeur.

IV.

Des guerriers dont la tête en blanchissant s'incline
Suivent ce long convoi qui lentement chemine.
Comme ils désiraient tous ce jour long-temps promis
Où l'empereur devait revoir de vieux amis!

Ils craignaient de mourir avant l'heure attendue
Où sa cendre adorée enfin serait rendue ;
Maintenant, en mourant ils n'auront pas d'effroi,
Car ils suivront au ciel, leur général, leur roi.
Ah ! nous croyons les voir ces guerriers intrépides
Epancher en marchant quelques larmes limpides.
Comme leurs longs regards, sous les voiles de deuil,
Cherchent à pénétrer jusqu'au fond du cercueil !
Oh ! la loi de la mort est terrible et puissante,
Puisque tu ne peux pas, ombre reconnaissante,
Te montrer radieuse à leurs yeux triomphants,
Et t'écrier soudain : — me voilà, mes enfants ! —
Conquérant, lève-toi ! soldat, brise ta chaîne !
Eh quoi, tu fus si grand, ta force est-elle vaine ?
Hélas ! rien ne répond. Il est mort le géant,
Et les abeilles d'or recouvrent... le néant !
Oui, mais du haut des airs, en planant sur la nue,
Empereur, tu nous vois ; et ton âme est émue !
Va ! l'espace est à toi : tu peux fendre les cieux ;
Que rien n'arrête plus ton essor glorieux !
Que voulais-tu ? le monde et la puissance humaine ;
Eh bien, Dieu t'a donné l'infini pour domaine !.....

Vous, braves qui pleurez, vos vœux sont superflus,
Car les regards mortels ne le reverront plus.

V.

Si tant d'enthousiasme accueille ta venue,
Si l'on voit tant d'amour dans la foule accourue
Se trahir par la voix et par l'éclat des yeux;
Si tout français s'empresse autour du sarcophage,
Si ta tombe devient un saint pélérinage
      Pour tes enfants pieux;

Ce n'est pas seulement parce que ton épée
Mit l'Europe à tes pieds. Non! l'Europe frappée
But le sang des vaincus, des vainqueurs, à la fois.
Il fallut ton bras fort, il fallut ton génie,
Pour nous rendre le calme, et l'ordre, et l'harmonie,
      Pour nous donner des lois.

Ah! c'est que l'on sortait d'un temps d'effervescence,
De vengeance effrénée et d'aveugle licence;
Toujours des cris de mort s'élevaient dans les airs.
Le sol était souillé par des meurtres atroces,
Et l'on croyait parfois ouïr les voix féroces
      Des tigres des déserts.

Tu convias la France à la gloire des armes;
Tu portas la fureur, tu portas les alarmes,

Dans les champs envahis des peuples accablés.
C'était toujours du sang, dont s'abreuvait la terre;
Hélas! toujours du sang! hélas! toujours la guerre!
Les pays dépeuplés!.....

VI.

Le peuple ébloui par la gloire
Peut oublier la liberté;
C'est le succès, c'est la victoire
Qui fait la popularité.
C'est tout ce qui surprend la vue :
Les guerriers passés en revue
Avec leurs étendards flottants,
Le drapeau troué par les balles
Qui revient aux sons des cymbales,
Des clairons, des tambours battants.

Mais ni le bruit, ni la fumée,
N'enivrent la postérité;
Jamais elle n'est enflammée
Pour la vaine célébrité;
Elle est sourde au bruit des trompettes;
Il lui faut plus que des conquêtes :
Ephémère prospérité;
Il lui faut des bienfaits durables,

Il lui faut des lois favorables
Au bonheur de l'humanité !

VII.

L'Égypte des rois morts prononçait la sentence ;
Mais nous, pour te juger, à ta courte existence
Mesurant tes hauts faits, nous te proclamons grand.
Tu fus comme un torrent que l'orage déchaîne,
Que l'obstacle rend fort, et qui meurt dans la plaine ;
      L'hiver enchaîna ce torrent.

Aussi, pour honorer ta marche impériale,
Nous prenons aux Romains leur pompe triomphale,
Mais le char des géants ne porte qu'un cercueil.
D'un triste sentiment l'âme reste saisie ;
Le froid et l'arbre nu rappellent la Russie,
      C'est l'hiver, la mort et le deuil.

VIII.

Maintenant reposez, sire, sous votre dôme !
Reposez empereur, législateur, grand homme !

Mais est-ce le repos que vous allez goûter ?
Conquérant, voulez-vous enfin vous arrêter ?
Illustre voyageur qui, mort, traversez l'onde,
Sans jamais vous lasser de remuer le monde !
Est-ce bien le repos ?... vous êtes parmi nous ;
Parmi vos vieux soldats qui veillent à genoux.
Oh ! désormais votre ombre, en visitant la terre,
Abaissera vers nous son essor solitaire,
Et viendra dans Paris se poser tout-à-coup
Sur la colonne en bronze où vous êtes debout.
Alors vous qui portez la France dans votre âme,
Sire, vous pourrez voir, de vos regards de flamme,
Si nous conservons bien la sainte dignité
Qui fait qu'un peuple grand, de tous est respecté ;
Si l'amour du pays en nous se développe ;
Si nous sommes unis en face de l'Europe ;
Si les flatteurs du peuple et les flatteurs des rois
Ne cherchent pas encore à nous dicter des lois ;
Si notre France enfin ne devient pas l'arène
Où chaque ambitieux au combat nous entraîne.
Et vous verrez alors ce que l'on ne peut voir
Quand on est empereur, quand on a le pouvoir :
De nombreux intrigants, âmes basses, cœurs vides,
Qui sur notre budget jettent des mains avides ;
Qui jamais satisfaits, cumulant les emplois,
Dispensent des faveurs aux hommes de leur choix.
Et bien loin de ces grands à la figure altière
Le peuple souffre et meurt. Hélas ! sa vie entière,
Se consume en travaux dont il n'a pas le prix ;

Pour salaire on lui donne un regard de mépris.
Ou bien on lui dit : — marche, et ne sois plus esclave ! —
Puis il renverse tout; c'est un fleuve de lave;
Il court; il frappe; il tue; il veut la liberté;
Et c'est en vain qu'il croit trouver l'égalité
Chimère qui bientôt se dissipe en fumée.
Le peuple est l'instrument, c'est la force et l'armée
Que l'on pousse en avant, qui sert de bouclier,
Qui se bat avec rage et qui meurt sans plier.
Pourquoi faut-il parfois qu'à l'émeute il se rue;
Qu'il tombe sans honneur égorgé dans la rue!
Sous l'empire pourtant, le peuple, fier soldat,
Sur le sol étranger mourait avec éclat;
Joyeux, puissant, heureux, il vivait sans souffrance;
Il disait en marchant : mes jours sont à la France!

IX.

Sire, quand vous vouliez d'un soldat faire un roi,
Le combler de faveurs, récompenser la foi,
    Le courage d'un brave;
Votre aigle déployait soudain son aile au vent;
La garde vous suivait; vous disiez : — en avant! —
    Un peuple était esclave!

Kléber, Desaix, Murat, Junot, Lannes, Berthier :
Que de braves on vit porter leur glaive altier

Jusques aux Pyramides !
Que de soldats hâlés, vainqueurs du Musulman,
Revenus du Thabor, du Caire et du Liban,
Suivaient vos pas rapides !

Et jamais de fatigue, et jamais de loisir !
Sur la carte du monde on vous voyait choisir
Pour demeure une ville.
Qu'elle eût l'Escurial, ou qu'elle eût le Kremlin,
Qu'on l'appelât Madrid, Naples, Rome, Berlin,
Milan, Vienne, Séville !

Devant vous, éperdu s'enfuyait l'étranger,
Comme un de ces troupeaux chassés par le berger
A travers une plaine.
Vous aviez pour séjour, pour royaume et pour port,
Le Midi, l'Occident, l'Orient et le Nord,
Comme un vaste domaine.

Si bien que l'étranger ne pouvant plus lutter,
Vaincu, tremblant, honteux, et voulant arrêter
Votre course hardie,
Vous opposait alors des champs morts et déserts,
L'ignoble trahison, la glace des hivers,
La faim et l'incendie.

X.

Mais pourquoi rappeler un si grand souvenir ?
Tout pouvoir ici-bas tout-à-coup doit finir.
Dieu seul est grand ; à lui le sceptre , la puissance;
Il terrasse, il abat, les hommes qu'on encense ;
D'éphémères splendeurs impassible témoin ,
Dieu dit au conquérant ; — Tu n'iras pas plus loin. —
Tout astre a son éclipse ; et le seigneur peut dire — :
Etoile , disparais ! et toi, soleil, expire ! —
Vous sire , maintenant vous savez tout cela ;
La vérité toujours aux morts se dévoila.
Puisque de ce flambeau la lumière nouvelle
A vos yeux pénétrants aujourd'hui se révèle ;
Puisqu'aux pauvres mortels il apparaît trop tard
Ce flambeau qui des rois brûlerait le regard ;
Sire , préservez-nous des fureurs insensées !
En nous faites germer quelques grandes pensées !
Afin que s'avançant , sans remords , sans regrets ,
Le siècle d'un pas sûr marche vers le progrès.
Mais si des étrangers bientôt les voix enflées
Ameutent contre nous des forces rassemblées ,
Comme un Dieu protecteur vous combattrez pour nous.

Nous ignorons comment on fléchit le genoux.
Nous ne nous courbons pas sous la main ennemie.
Nous n'acceptons jamais le poids de l'infamie.

Notre France est puissante et relève le front
Quand pour elle il s'agit de venger un affront.
Car, bien qu'aimant la paix, toujours prêts à la guerre,
Nous châtions celui qui nous force à la faire.
Eh! qu'importe le nombre à nos vaillants soldats!
Ils avancent toujours et ne le comptent pas.
Malheur donc à tout nain qui jette de la boue,
Qui voudrait se hausser pour atteindre à ta joue,
O France! à Mazagran, tes enfants ont fait voir
Leur intrépidité, leur force, leur pouvoir
Et cette audace enfin qui toujours les distingue,
Rappelant Marengo, Jaffa, Fleurus, Huningue.

XI.

Soyons calmes, unis, ne nous enflammons pas
      Pour le bruit des choses futiles ;
N'ayons que le mépris pour les petits combats :
      Luttes de nos hommes stériles.

Que la justice sainte et que la vérité
      Trouvent enfin leur renaissance !
Pour la cause du faible et pour l'humanité
      Gardons toute notre puissance.

Que fiers de leur bon droit nos soldats aguerris
   En Dieu mettent leur espérance !
Que les partis lassés répètent ces seuls cris : —
   Gloire au pays ! Vive la France !

Et toi , Napoléon , palladium gardé
   Par l'invalide qui soupire,
Du foyer sois le Dieu qui toujours regardé ,
   De sa majesté nous inspire !

Décembre 1840.

VOIX PHILOSOPHIQUES ET RELIGIEUSES..

La Voix du Siècle.

Le grand flambeau du monde épanche les couleurs
Sur les prés, sur les bois, sur les fruits, sur les fleurs ;
Tout se tourne vers l'astre : et rameaux et corolles.
Mais ce que nous cherchons, c'est toi, qui nous consoles,
Divin flambeau de l'âme, éternelle clarté,
Viens réchauffer nos cœurs, sublime vérité !

Je n'appelle pas foi, ce vain nom que l'on donne
A l'espoir passager auquel on s'abandonne,
Ce mot *je crois* souvent arraché par la peur,
Ce sommeil de l'esprit, apathique torpeur,

Linceul qu'on veut jeter sur l'humaine pensée,
Sur notre intelligence à chercher empressée,
Épais et froid brouillard qui glace notre cœur,
Et croyance d'un jour dont le doute est vainqueur.
La foi n'arrive pas quand elle est imposée ;
Je n'aime pas qu'on dise à toute âme brisée
Qui cherche la lumière : — Il faut fermer les yeux;
Ce n'est que dans la nuit qu'on peut monter aux cieux. —
Quand l'homme vers son but avec ardeur s'élance,
Je n'aime pas qu'on dise à tout esprit : — Silence !
Pauvre être, enferme-toi vivant dans un tombeau !
Etouffe un noble instinct comme on souffle un flambeau ! —
Non, la foi, pour éclore et devenir entière,
A besoin de chaleur, a besoin de lumière;
Qu'elle ait donc l'horizon, l'air de la liberté,
La clarté du soleil, pour voir la vérité !

1841.

Une Pensée du Siècle.

Sages de tous pays, ne le savez-vous pas ?
Vous avez un seul maître ; on l'adore ici-bas ;
Mais sous différents noms on l'honore, on l'encense ;
Réunissez-vous donc pour louer sa bonté !
Mortels, dans l'univers admirez l'unité
       De sa toute puissance !

                  1839.

Une Voix.

L'autre soir , je m'assis quelque part dans un champ ;
Appuyé sur la main , regardant le couchant,
Je rêvais. Le soleil dans un char de nuages
Semblait, tout embrasé, s'enfuir vers d'autres plages;
Et les arbres émus par la brise du soir
M'envoyaient leur parfum. Je me plaisais à voir
Le flambeau de nos jours à l'horizon descendre
Comme un charbon ardent qui va tomber en cendre;
Bientôt il disparut, et mon esprit rêveur
De l'espace infini sonda la profondeur :

Etoiles qui brillez dans la voute azurée,
Mondes, globes, flambeaux du sublime empyrée,
Oh! comme en vous voyant l'homme se sent petit!
Comme de vous à lui mesurant la distance,
Il frémit ce mortel à la frêle existence
      Qu'une seconde anéantit!

Devant cet infini qui confond la pensée
Que sommes-nous, mon Dieu? que veut l'âme oppressée
Qui, de même qu'un gaz, tend à fuir vers les cieux?
Qu'elle s'envole donc la divine parcelle!
Qu'elle s'unisse encore à l'àme universelle
      Par un hymen mystérieux!

                            1839.

Une Voix.

Si l'on plonge les yeux dans un temps reculé,
On voit l'homme toujours par les dieux consolé
   Vénérer leur puissance ;
Et les cherchant surtout dans les astres des cieux
Vers ces flambeaux lever son front religieux
   Avec reconnaissance.

Et c'est ainsi, soleil, qu'alors on t'adora :
En Egypte, Osiris, puis en Perse, Mithra,
   Puis Ammon en Libye,
Esculape, Apollon, Hercule et Sérapis,
Sur l'Euphrate, Bélus, puis en Phrygie, Atys,
   Saturne en Arabie ;

O Bacchus conquérant que Nonnus a chanté,
O charmant Adonis amant de la Beauté,
      Quelque nom qu'on te donne,
Apis, Vichnou de l'Inde ou l'essence Brama,
Eté, dieu bienfaisant et qu'Orphée anima,
      Soleil de Babylone;

Au lieu de t'admirer dans toute ta splendeur,
A venir sur la terre on força ta grandeur
      Qu'avec peine on contemple.
Il fallut qu'à portée on t'eût sur les autels;
Et pour t'offrir leurs dons et leurs vœux, les mortels
      Te mirent dans un temple.

Car toujours ici-bas l'homme accable d'encens
Des figures qu'il crée et des dieux impuissants
      Auxquels il rend hommage,
Qu'il a faits de granit, de marbre ou de métal,
Et dans ces dieux de pierre, — aveuglement fatal! —
      Adore son image.

Toi qui sèmes des fleurs sur tes pas en tout lieu,
Soleil vivifiant, ô soleil fils de Dieu
      Comme Platon te nomme,
O principe vital et roi des éléments,
Vesta de Pythagore, aux doux rayonnements,
      Grand bienfaiteur de l'homme;

Va, tu n'es que l'agent de l'ordre universel ;
Subalterne, remplis ta mission au ciel !

Et c'est en vain que l'homme à la démarche morne
Plonge ses yeux bornés dans l'espace sans borne ;
Dans le monde éternel, immense, illimité,
Ah ! ce n'est point ainsi qu'on voit la vérité :
L'univers, vaste échelle, a deux bouts invisibles
Qui vont à l'infini, qui semblent impossibles :
A peine on aperçoit quelques uns des dégrés ;
Plus loin tout semble vide aux regards attérés,
Et nul ne pourrait dire où l'échelle commence,
Ni s'il est une fin à la nature immense.
Myope sur la terre, aveugle pour les cieux,
L'homme n'ajoute foi qu'à ce que voient ses yeux.
Il va, triste, abattu, penche avec négligence
Ce front où Dieu pourtant a mis l'intelligence ;
Mais, qu'importe ! on ne sait que se plaindre et gémir ;
Dans sa paresse on craint des dieux près de sévir,
On craint l'amour ; on craint les fleurs qu'offre la terre ;
Sous les pas on croit voir s'ouvrir un noir cratère ;
Sans cesse on se débat dans un cercle maudit.
Et c'est toujours cela, je vous l'ai déjà dit :
Oui, l'homme à ses défauts rendant un vain hommage,
Dans les dieux qu'il s'impose adore son image.

En voyant ici-bas régner toujours le mal ,
On le crut éternel, nécessaire et fatal;
    De là vint le mauvais génie :
Pluton, Chiven de l'Inde ou l'ange révolté;
Car sous différents noms c'est même fausseté ;
    Car c'est Dieu que l'on calomnie!

— Quoi ! le Seigneur voudrait, frappant sur l'innocent,
Le jetant dans l'enfer, punir l'homme naissant ,
    De quelque crime involontaire !
Et , pouvant terrasser un rival orgueilleux,
Ce Dieu bon dormirait paisiblement aux cieux
    Quand Satan règne sur la terre!

Quelques hommes instruits, par l'étude inspirés ,
Inventèrent jadis les emblèmes sacrés,
    Et le langage des symboles
Qui des astres nous peint les courses, les travaux;
Et l'on vit l'homme alors adorer des taureaux
    Et de ridicules idoles.

C'est ainsi qu'à Moloch , ensanglantant les mains,
Un fanatisme aveugle immola des humains;
    L'erreur alla jusqu'à la rage ;
Le Druide égorgeait à l'ombre de ses bois;
Et d'enfants à Saturne on présentait un choix
    Qu'on sacrifiait dans Carthage.

Et depuis quand encore a-t-on bien triomphé
De l'inquisition et de l'auto-da-fé ?

Comme l'humanité dans ses progrès est lente !
Parfois n'a-t-on pas vu mainte guerre sanglante :
Des Saint-Barthélémy, des temps d'atrocité
Où l'homme honorait Dieu par la férocité ?
Mais enfin la raison détruira sur sa route
La superstition, l'impiété, le doute.
Comme des langes vils, dégagé des erreurs,
Le genre humain bientôt oublira ses fureurs.
Il est une croyance immuable, c'est celle
Qui doit régner sacrée, immense, universelle;
Qui s'avance toujours; qui s'épure et grandit;
Qui dépose en chemin l'alliage maudit
Et le voile trompeur qu'on nomme allégorie.
Elle donne l'espoir à tout homme qui prie ;
Elle n'a ni bûcher, ni sanglant échafaud ;
Elle ne mourra pas; c'est elle qu'il nous faut;
Elle aime le grand jour; fruit de l'intelligence,
Elle adore un Dieu bon, doux et plein d'indulgence;
Elle doit réunir tous les peuples divers
Pour en faire un seul peuple épars dans l'univers.

1840.

Une Voix à Satan.

Ainsi, pauvre démon au regard consterné,
Malgré tes doigts crochus, te voilà détrôné :
      Tu perds le sceptre de ce monde !
Hélas ! tu ne dois plus ni siffler, ni mugir,
Oh ! rougis donc un peu, si toi, tu sais rougir !
      Cache à jamais ta face immonde !

Michel l'archange, un jour, dit-on, t'avait blessé ;
Mais le siècle vainqueur enfin t'a terrassé ;
      Tu restes impuissant et morne !
Va, c'est bien cette fois que te voilà déchu,
Mon pauvre ange tombé, mon ange au pied fourchu,
      Mon ange au front de capricorne !

Ici-bas désormais tu n'auras plus d'autel,
Si tu veux écouter les conseils d'un mortel,
   Crois-moi, va rugir solitaire !
Fuis dans l'enfer désert et plein de ta splendeur !
Trouve-le si tu peux, et pleure ta grandeur
   Qu'on méprise sur notre terre !

Tu pourras, il est vrai, de ton nom triomphant,
Quand il sera mutin effrayer quelqu'enfant
   Et calmer sa joie excessive;
Sinon laisse ta fourche et ton sombre attirail
Et tes naseaux d'où sort comme d'un soupirail
   Une fumée inoffensive !

          1839.

Une Voix.

N'adorons plus Satan dans un vain dualisme.
Laissons le laid, la nuit, l'hiver fatal :
  Laissons le mal.

N'adorons plus que Dieu. Laissons le fatalisme :
Aimons le bien, le beau, le jour, l'été,
  La vérité !

1840.

Voix.

Vous avez élargi la voie, ô vous, Newton,
Vous, Colomb, Montgolfier, Galilée et Fulton!
La science grandit; et chaque instant révèle
Un secret, un mystère, une cause nouvelle.
Un génie est éteint, un autre nous conduit
Et fait briller pour nous un flambeau dans la nuit.
Le savant peut mourir, mais jamais il n'emporte
Sa conquête avec lui; son savoir vit, qu'importe,
Qu'importe alors sa mort! heureux qui doit laisser,
En nous quittant, un nom qu'on ne peut effacer,

Un échelon de plus où l'humaine pensée
S'élance avec ardeur, radieuse, empressée;
Un échelon de plus qui rapproche des cieux
L'essor de notre esprit au vol ambitieux!
Mais toute vérité, sous des voiles funèbres
Reste et languit avant de percer les ténèbres.
Que sur nos crânes Gall lise notre penchant,
Que Lavater connaisse un homme en l'approchant,
Que Mesmer rendant l'âme et lucide et puissante
Hors de ces vils liens l'enlève frémissante,
Le monde ne prend pas le temps de le savoir,
Car il ferme les yeux afin de ne rien voir....

Oh! ne repoussons pas ce qui peut sur notre âme
Jeter un jour nouveau qui d'espoir nous enflamme!

1839.

La Pensée d'un Poète.

Dieu.

O Dieu, cause première, esprit juste et caché
Que l'homme devina, qu'en vain il a cherché;
Grand-tout inexplicable, immense intelligence,
Ton cœur si bon ne peut désirer la vengeance!
Jamais tu n'as voulu gouverner par la peur;
Je t'aime sans te craindre! Un prophète est trompeur
Lorsqu'il prêche aux humains la loi du sacrifice;
Je crois à ta clémence autant qu'à ta justice!

Celui qui se prosterne et tremble tour-à-tour
Pour toi ne ressent pas un sentiment d'amour.
L'affection jamais ne naîtra de la crainte,
De l'esclavage vil, de la morne contrainte.
Je t'aime sans courber jusqu'à terre ce front
Que vers toi tu levas bien loin d'un tel affront;
Tu ne veux pas ici semer la tyrannie;
Et l'homme en te craignant, mon Dieu, te calomnie!

L'Infini.

Ce qui pourtant confond, ce qui nous rend petits,
A ce monde de boue, hélas! assujetis,
Enchaînés à ce point si mince dans l'espace,
Où l'existence nait, souffre, s'écoule et passe;
Ce qui toujours confond, c'est ton éternité,
Mon Dieu; c'est l'infini de ton ciel habité;
De ses mondes errants, sans limites, sans nombre;
De l'ordre naturel qui, se voilant dans l'ombre,
A nos faibles regards ne se montrera pas;
C'est la nature enfin qu'on foule sous ses pas,
Qui de l'être invisible a permis la naissance;
Qui répand en tout lieu sa féconde puissance;
C'est la nature enfin à l'immense pouvoir,
Où nos yeux imparfaits en vain cherchent à voir,
Pauvres verres, miroirs faits à notre portée,
Ne montrant que la chose à leur point présentée.

L'Ame.

Mon âme, ô mon espoir, ressemblance de Dieu,
Quelle est donc ton essence? oh! dis-moi vers quel lieu
Tu dois voler un jour et sous quelle apparence?
O fluide inconnu, toi dont la transparence
Echappe aux sens du corps; esprit, souffe éternel,
Que deviens-tu plus tard, au moment solennel
Où se mêlant au sol, le corps tombe en poussière!
Quand tu sens se briser l'enveloppe grossière
Qui t'opprimait sans cesse et te resserrait tant?
Ah! sans doute qu'alors tu pars en palpitant,
Oiseau, vers le soleil source de la lumière!
Tu retrouves aux cieux l'existence première,
Le savoir des élus, esprits supérieurs,
Jusqu'à ce jour fatal où dans des temps meilleurs
Tu reprendras un corps et sur quelque planète
Tu recommenceras une vie incomplète!

L'Humanité.

Toi, qui souffres toujours, fragile humanité,
D'où viennent tes douleurs et ton adversité?
Ce libre arbitre, hélas! que le Seigneur accorde,
Devons-nous l'employer à choisir la discorde?

15

Pourquoi prendre toujours dans les sentiers humains,
En fuyant le bonheur, les plus tristes chemins ?
Dieu pourtant mit en nous l'instinct pour nous conduire
A la joie, à la paix, qui devraient nous séduire.
Ah ! pourquoi donc ainsi, voyageurs imprudents
Mépriser du Seigneur les conseils évidents ?
Le malheur se présente au milieu de la route
Qui nous mène au désordre, au vice, au crime, au doute;
Nous méprisons la voix qui nous dit : — Fuis ce lieu! —
Nous marchons; le bonheur soudain nous dit adieu!
Faut-il donc s'étonner des maux sur cette terre
Où toute vertu meurt, où tout instinct s'altère ?

Le Seigneur, l'infini, l'âme, l'humanité,
Mystères par lesquels l'esprit est agité,
Voilà tous les grands noms, voilà les grandes choses,
Dont le génie humain cherche à sonder les causes!
L'homme effrayé s'écrie : —Hélas! que voyons-nous! —
Des philosophes vains, des prêtres à genoux,
Des sages grecs, romains, des pères de l'église,
Nul n'a dit : — Moi je sais. — Le livre de Moïse
Dans des voiles obscurs enveloppe le vrai;
L'histoire a disparu sous un mot figuré.
Vous pouvez adorer, non voir la cause-mère;
Et la sagesse humaine au fond n'est que chimère.
Dites avec Socrate, ô mortels, que sait-on ?
Vous tous, Saint-Augustin, Aristote, Platon,

Prophètes, écrivains, philosophes, poètes,
Qu'avez-vous découvert, impuissants interprètes?
Nous lisons beaucoup mieux dans les cieux étoilés
Que dans tous vos écrits par la poudre voilés.
Souvent par un beau soir nous sentons une flamme;
C'est une joie étrange, un noble élan de l'âme;
C'est alors que parfois le poète inspiré
Croit découvrir aux cieux quelque texte sacré :
Puis tout s'enfuit; les mots manquent à la pensée
Qui s'affaisse bientôt et retombe oppressée.
C'est donc en vain qu'ainsi l'âme semble frapper
Aux murs de sa prison comme pour s'échapper;
Et cependant pour l'homme, amoureux du silence,
Qui contemple le ciel où son âme s'élance,
C'est un spectacle vil que nos tristes combats,
C'est un spectacle vil que nos soins d'ici-bas;
Car le poète voit l'infini dans l'espace,
L'infini dans le temps, l'éternité qui passe!

1840.

La Voix d'un Prêtre.

Quoi! ton bras enhardi sape les fondements
Des œuvres de la foi, des plus saints monuments!
Hélas! hélas! vois-tu l'église colossale
D'où l'amour le plus pur vers le Seigneur s'exhale?
Du chœur illuminé monte un sublime chant,
Et la grande croix d'or brille au soleil couchant.
Oh! ne dirait-on pas un rayon de Dieu même
Qui verse sa splendeur sur le signe suprême?
Autrefois tu chantais les louanges de Dieu;
Prosterné, tu baisais le pavé du saint lieu;

Je t'entendis un jour envier le martyre;
Maintenant de ton cœur le Seigneur se retire....
En voyant une croix tu répandais des pleurs;
Ta main sur les autels allait poser des fleurs;
Ton esprit enivré d'encens et d'harmonie
Allait rêver joyeux vers la voute infinie;
Les orgues, la prière, endormaient ta douleur,
Ta voix puissante au ciel, conjurait le malheur...
Mais chaque jour tu veux enlever une pierre
Au temple consacré qu'édifia Saint-Pierre;
Tu ne t'inclines plus devant le crucifix...
Cependant autrefois tu fus heureux, mon fils!

1841.

Pax in terrâ Hominibus bonæ voluntatis.

Disons avec le Christ : — Seigneur, que sur la terre
Votre doux règne enfin apparaisse à nos yeux !
Que votre volonté sage, que rien n'altère,
S'exécute ici-bas comme elle est faite aux cieux ! —

Or, les mondes errant par la voute infinie,
Selon la loi de Dieu vont éternellement ;
Hommes, rétablissons le calme et l'harmonie
Sur la terre où l'on souffre, hélas ! incessamment.

— Ainsi qu'il est écrit dans notre foi profonde :
Votre règne est, Seigneur, justice et vérité;
Ce règne sur lequel tout notre espoir se fonde
Doit conduire au bonheur la frêle humanité. —

Cherchons, nous trouverons; demandons, car Dieu donne
A l'homme qui demande : on nous l'a révélé.
Cherchons donc la lumière ainsi que Dieu l'ordonne
Et tout mystère un jour nous sera dévoilé.

Indulgence, pardon, sur notre pauvre terre!
Ne sommes-nous pas tous exposés à l'erreur?
Jésus-Christ pardonnait à la femme adultère
Que voulait lapider une foule en fureur!

O frères, entre nous malheureux que nous sommes,
Echangeons notre amour et notre charité.
Entr'aimons-nous. Seigneur, donnez la paix aux hommes
D'espérance, de foi, de bonne volonté!

1841.

Paroles de Foi.

Qu'on ne t'enchaîne pas, divine intelligence!
La vérité ne peut redouter la science;
Le soleil éclatant ne craint pas la clarté;
Que l'esprit cherche donc et pense en liberté!
Mais la religion est une chose auguste,
Et je ne combats pas contre la foi du juste;
J'ai répété des voix, que dirai-je à mon tour?
Rien, si ce n'est : aimez! nous n'avons que l'amour.
Je le sais, je ne suis qu'un pauvre être fragile
Et cependant, ainsi que le veut l'évangile,
Moi j'aime mon prochain; je suis chrétien de cœur.

Soyons bons, indulgents : pas de rire moqueur!

Pourquoi serions-nous fiers, puisque Dieu nous regarde?
Ne nous estimons pas trop haut et prenons garde :
Celui qui se haussait, Dieu l'abaissa souvent.
Nous sommes des roseaux agités par le vent.
Qu'est-ce que la grandeur puisqu'un souffle l'emporte?
Ne laissons pas mourir Lazare à notre porte.
Dieu nous appelle tous, avec égalité,
A la vie, à la mort, puis à l'éternité.
Ne nous élevons pas plus haut que notre frère;
Car Dieu nous rangera dans un ordre contraire :
Les humbles, les petits, deviendront les premiers,
Et les présomptueux resteront les derniers.
A qui se rue au mal opposons une digue;
Mais pardonnons un jour à tout enfant prodigue.
Sauvons du loup méchant, du renard imposteur
Les agneaux dispersés, sans guide et sans pasteur,
Et laissant aux buissons des lambeaux de leur laine.
Jésus n'avait-il pas pitié de Madeleine?
Jésus sans la laisser gémir dans l'abandon
A la Samaritaine accordait le pardon.
Au flambeau qui s'éteint, au roseau qui se brise,
Il faut un protecteur contre la froide brise;
Ne repoussons jamais l'être faible et souffrant :
Le Christ fut autrefois méprisé, pauvre, errant?

De traiter ce sujet ma voix paraît peu digne;
Mais parfois sur l'eau sombre on voit flotter un cygne;
Sur l'eau sombre parfois se réfléchit le ciel;
Dans le fond d'un calice on peut trouver du miel;

Au milieu du fumier la rose peut éclore,
Et d'un rayon divin le soleil la colore ;
Les hommes sont de boue et pourtant quelquefois
Ils élèvent vers Dieu leur pensée et leur voix.
Nous, poètes, chantons avec persévérance,
La foi, la charité ; proclamons l'espérance.
Que de tout malheureux le sort soit adouci !
Exaucez-nous, Seigneur, pour qu'il en soit ainsi !

Novembre 1842.

VOIX D'UTOPISTES.

Une Voix.

Les hommes avaient dit, dans leur erreur profonde :
« Si le bonheur existe, il n'est pas de ce monde;
Le malheur est fatal, il faut se résigner,
On ne peut ici-bas l'empêcher de régner;
Vivons donc sans penser, et dans l'insouciance;
En l'avenir obscur n'ayons pas confiance;
Saisissons tout plaisir que donne le présent,
Mais ne comptons jamais sur le bonheur absent. »

Et moi, triste de voir les humaines misères,
D'entendre tant de cris, tant de plaintes amères,

Tout ému de pitié pour les infortunés,
Je disais : « à ces maux sommes-nous destinés ?
Dieu, qui donnas l'amour et les fleurs à la terre !
Dieu, qui mis dans le corps, l'âme, profond mystère !
Ah ! te réjouis-tu de voir notre douleur ?
L'homme doit-il traîner la chaîne du malheur ? »
Et, conservant l'espoir, luttant contre le doute,
Dans les sentiers perdus je cherchais une route ;
Quand mes yeux étonnés trouvèrent un écrit ;
L'homme y parlait en maître, et non plus en proscrit ;
L'homme y parlait en roi plein de reconnaissance
Pour Dieu qui lui donnait la terrestre puissance ;
Il souriait au ciel ; il montrait l'avenir ;
S'écriant avec foi : « Le bonheur peut venir !
Dans les mondes errants de la voute infinie
Dieu ne sema-t-il pas une sainte harmonie ?
Hommes, soyez unis d'intérêt et de cœur,
Vous étendrez sur tout votre sceptre vainqueur !

Depuis, j'ai recueilli cette vaste pensée
Comme un baume bien doux pour mon âme blessée,
Et je veux la répandre en mots consolateurs
Sur tous les cœurs souffrants, mes frères en douleurs.

1840.

Une Voix.

Suivons, frères, suivons l'étoile lumineuse
Qui brille à l'horizon! une foule haineuse
Pense-t-elle arrêter les pas du genre humain?
Nous, messagers de paix, remplissons notre rôle:
Frères, semons partout la féconde parole,
Oh! soyons patients et montrons le chemin.

Le grain qu'on a semé se cache à notre attente;
Puis il montre au soleil sa verdure éclatante,
Au souffle de la brise on le voit onduler.
Oh! quand il sera temps, levant soudain la tête,
Nous dirons : venez tous, la récolte s'apprête,
Et de riches moissons nous allons vous combler!

Et l'on sera joyeux; ce sera par la France,
Ce sera par le monde un chant de délivrance
Qui doit monter aux cieux avec l'encens des fleurs!
Pour toujours d'ici-bas disparaîtra la guerre
Et le bonheur alors épousera la terre,
La terre qui buvait notre sang et nos pleurs.

1839.

Une Voix.

Fourier, c'est toujours toi, vaste et puissant génie,
Colossal novateur, prophète d'harmonie,
C'est toujours toi que j'aime, esprit audacieux!
Quand je vois resplendir ton immense pensée,
Mon âme, qui soudain vers toi s'est élancée,
  Monte, s'élève jusqu'aux cieux.

Pythagore, Platon, vous aviez tous peut-être,
Vous aviez, ô savants, découvert le grand être;
Du monde vous pouviez entrevoir l'unité;
Mais nul ne comprenait cette divine flamme :
L'instinct, loi du seigneur, attraction de l'âme,
  Et gage d'immortalité.

Arimane persan, Typhon d'Egypte ou Diable :
Toujours hurlait ici quelque voix effroyable ;
Toujours l'ange de mort montrait l'enfer béant ;
Mais détrônant le mal sur la terre bénie,
Fourier saisit Satan, ce fabuleux génie,
      Et le jette dans le néant.

Oui, le mot *passion* voulait dire souffrance.
Pas de joie ici-bas, car la douce espérance
Aux ailes d'Emeraude avait fui vers le ciel.
C'était un lieu d'exil que notre belle terre,
Les fruits, les fleurs cachaient un venin délétère,
      Le poison était dans le miel.

Conservant cette peur qui tient l'âme captive,
Le savant s'arrêtait dans sa marche craintive ;
On ne voyait partout que des voiles d'airain.
Et nul n'avait osé, sur la tremblante terre,
Dans l'avenir qui s'ouvre ainsi qu'un grand cratère,
      Plonger un œil calme et serein.

Fourier, plein de pitié pour la douleur humaine,
Embrassant l'univers comme un vaste domaine,
Architecte nouveau, sait dicter ses désirs.
A ses lois il soumet la terre plus heureuse,
Puis, aux peuples souffrants, d'une main généreuse,
      Verse la joie et les plaisirs.

Il ouvre des canaux dans les plaines arides ;
Il détruit pour jamais les miasmes putrides,
En dispersant les flots des marais corrupteurs ;
Et les sources de mort au sol donnent la vie,
Et la terre joyeuse, à la peste ravie,
      Partout se couronne de fleurs.

Il arrête les vents du pôle et de l'Afrique,
Les froids piquants du Nord et les feux du tropique
En couvrant de forêts les monts et les hauteurs ;
Et ce ne sont alors que brises odorantes,
Que ruisseaux répandant leurs ondes transparentes
      Au milieu des champs producteurs.

L'éternité sans borne et la voûte infinie
Ne peuvent fatiguer l'essor de son génie
Qui s'élance, hardi, dans un chemin nouveau.
Mais hélas ! le génie est martyr et prophète :
Les mortels sont jaloux de l'homme dont la tête
      Dépasse le commun niveau.

L'ironie est un fer qui brille mais qui tue.
Quand pourtant contre lui cette arme s'évertue,
Fourier marche sans crainte, en nous tendant la main.
Oh ! le révélateur pendant toute sa vie
Peut bien rester obscur, étouffé par l'envie,
      Mais il est grand le lendemain.

Ainsi quand tout gémit ; quand tout instinct s'altère ;
Quand sombre est le sentier sur notre pauvre terre ;
Lorsque l'esclave appelle en vain la liberté ;
Quand le mortel perdu cherche au ciel une étoile ;
Quelque esprit inspiré déchire un coin du voile
Et nous montre la vérité.

1840.

Une Voix.

O France, France, hélas ! qu'as-tu, ma pauvre mère ?
Pourquoi montrer au monde une folie amère ?
Pourquoi sur ton visage un sourire moqueur ?
Pourquoi de toute voix faire la parodie ?
Tu ne crois plus à rien ; ton âme est engourdie ;
       Et l'amour a fui de ton cœur.

Tu te livres toi-même à l'austère censure ;
S'il est sur ton beau corps quelque horrible blessure,
Aux peuples ennemis tu la montres toujours.
Tes fils impatients se frappent à la joue,
Se méprisent entre eux et se couvrent de boue
       Dans leurs écrits, dans leurs discours.

Ah! si tu nous disais pourtant d'une voix tendre
Des frères comme vous devraient s'aider, s'entendre,
Et chercher une trève à leurs maux prolongés;
Si tu parlais ainsi, nous pourrions voir l'Europe
En suivant ton essor briser son enveloppe
      D'égoïsme et de préjugés!

Le monde irait soudain vers son but grandiose;
Et la terre, au soleil, comme une plante éclose,
N'offrirait que des fruits, des parfums et des fleurs...
Mais non, tes fils sont sourds, et leur mère en démence,
Un bandeau sur les yeux, sans cesse recommence
      A marcher en versant des pleurs!

1839.

Une Voix.

Hélas! sages penseurs, en vain vous méditez;
Toujours le Siècle est sourd aux grandes vérités.
Nul ne vous comprendra, car toute chose belle
Traîne comme son ombre un Zoïle après elle.
Qui donc applaudirait à vos nobles travaux!
La foule? elle est aveugle; elle n'a de bravos
Que pour les charlatans, ces flatteurs qui la trompent.
Elle n'entend jamais que ceux qui la corrompent.
Vous voulez, dites-vous, sauver l'Humanité,
Sur l'ordre et sur la paix fonder la liberté,

17

Dévoiler la nature et cette loi féconde
Qui sème l'harmonie et le bonheur du monde!
Mais les puissants diront : — qu'elle folie à vous!
Ici-bas tout est bien, car notre sort est doux.
O rêveurs insensés, gardez vos utopies!
Dieu veut les maux humains, et vos voix sont impies...

Mon Dieu! combien de gens vivent de nos douleurs!
Combien d'*hommes de joie* exploitent nos malheurs!

1840.

L'Avenir.

Génie inspirateur, en traversant les nues,
Sur un rayon descends des plages inconnues;
Esprit formé d'arôme et de l'éther du ciel,
Donne-moi pour monter vers la voûte infinie
Tes ailes de parfums, d'air pur et d'harmonie
      Et ton souffle immortel !

I.

Quelle est cette beauté dont l'écharpe soyeuse
      Flotte en plis légers, incertains?
Jamais on n'admira sa forme radieuse
      Parmi les filles des humaines.

Quel est ce doux regard qui nous dit : — je vous aime !—
    Mots dont le cœur est enivré ?
Mon Dieu, quelle noblesse ! ô majesté suprême
    D'un être éternel et sacré !

Sur son front inspiré rayonne le génie
    Comme brille une étoile aux cieux.
N'es-tu pas l'idéal, une sainte bénie ?
    Archange aux ondoyants cheveux !

Quoi ! tu quittes le ciel, tu descends sur la terre,
    Et l'auréole orne ton front !
Viens-tu pour consoler mon âme solitaire
    Des souffrances qui passeront ?

    — Ingrat, je suis la Poésie ;
    Et tu ne le devines pas !
    Pourtant mon âme fut choisie
    De Dieu pour protéger tes pas.

    Je donne à tout mortel qui m'aime
    Le sentiment si pur du beau ;
    Je chante la gloire et Dieu même ;
    Je sais pleurer sur un tombeau.

Je dis à l'esprit qui soupire
En cherchant la divinité :
« Ecoute ma voix qui t'inspire !
Car c'est l'amour, la vérité. »

Quand tu perdais toute espérance,
Quand tu gémissais ici-bas ,
Mon chant endormait ta souffrance ,
Et je te berçais dans mes bras.

Lorsque tu désirais la tombe ,
J'éloignais cette lâcheté ;
Car à celui dont l'espoir tombe
Je montre l'immortalité !

Sur ta pauvreté lorsqu'on lance
Le mépris d'un rire moqueur,
Je te dis : — « va, leur opulence
A laissé bien pauvre leur cœur. »

Ingrat, je suis la Poésie,
Et tu ne le devines pas !
Pourtant mon âme fut choisie
De Dieu pour protéger tes pas.

Je t'aime d'un amour de mère,
Sous mon aile viens reposer !
Je chasserai la peine amère
Bien loin de toi par un baiser.

— Elle dit et je sens sous mon front qui repose
    Se gonfler un sein agité;
Une bouche charmante à l'haleine de rose
    Remplit mes sens de volupté.

— Quel que soit votre nom, ange, péri, silphide!
Si votre aspect n'est pas un songe vain, perfide,
    Qui trompe mes regards charmés,
O mère du poète! à vos pieds je m'incline;
Inspirez à mon luth un chant de Lamartine,
    Un chant du fils que vous aimez!

II.

L'Ange.

Enfant, qu'à tes regards l'univers se revèle !
Je vais t'ouvrir dans l'air une route nouvelle

Et tu découvriras tous les accords sacrés ;
Et pour toi l'infini n'aura plus de mystère ,
    Et les cieux et la terre
    N'auront plus de secrets.

Le Poète.

    Quelle force m'enlève ;
    Comme dans un doux rêve
    Je pars et je fends l'air ;
    Toute douleur s'apaise ,
    Plus de chaîne qui pèse ,
    Je traverse l'éther ;
    Plus de crainte frivole ,
    Je suis libre , je vole
    Aussi prompt que l'éclair.

    Ah ! quel plaisir sublime
    De voler par l'abîme ,
    De voler par les cieux ,
    Et de sentir la brise
    Qui sur le front se brise ,
    Charme délicieux !
    Suis-je un mortel profane ,
    Ou l'ange diaphane
    Au vol audacieux ?

L'Ange.

Regarde autour de toi; rien ne borne ta vue;
Le voile est déchiré dans la vaste étendue;
A tes yeux éblouis brille la vérité.
L'infini t'apparaît, cette chose invisible,
     Qui vous semble impossible
     Comme l'éternité!

Le Poète.

Mon Dieu, je vous comprends; vous êtes la grande âme
D'un rayon ici-bas allumant toute flamme;
Oh! pour vous deviner j'avais déjà la foi!
Vous êtes bien l'esprit de la nature entière,
     Vous êtes la matière,
     Et vous êtes la loi.

Père, Fils, Esprit saint, ô trinité sublime!
Esprit, matière, et loi, que ce nom seul exprime:
Mon Dieu; je vous adore, ô puissant créateur,
Souffle de feu, foyer, immuable justice,
     Ame législatrice,
     Levier, pivot, moteur!

L'Ange.

C'est lui ! c'est lui qu'adore
Le cœur religieux,
Au couchant, à l'aurore,
Dans tout pays que dore
L'astre éclatant des cieux !

C'est le maître du monde
Et des êtres divers;
C'est la cause féconde,
La sagesse profonde,
Qui peuplent l'univers.

Le Poète.

Dieu n'est pas le hasard; ce mot nous semble vide ;
Et de protection l'homme se sent avide;
Dieu n'est pas le destin ou la fatalité.
Dieu met dans notre esprit et dans notre cœur même
Cette grande pensée : il est un roi suprême,
Il est une divinité.

L'instinct, la passion, l'attraction de l'âme,
Réchauffant l'existence à sa vivace flamme,
La voix qui parle en nous, qui nous conduit au vrai,
C'est la voix du Seigneur, le guide qui nous mène,
Qui nous dit : — jouissez de votre beau domaine
      Sous l'orbe du ciel azuré ! —

Toujours dans la nature on trouve la science ;
Quand nous nous égarons, dans notre conscience
Soudain naît un remords sous le poids du malheur ;
Ainsi quand nous touchons une chose nuisible,
Son contact jette en nous un malaise indicible
      Que nous appelons la douleur.

Ah ! je comprends pourquoi cette époque où nous sommes
Produit tous les fléaux qui torturent les hommes :
La misère, la faim, le crime et les combats !
Le Seigneur a voulu nous avertir, sans doute ;
Soumis aux lois de Dieu, cherchons donc une route
      Où ces maux ne se trouvent pas.

L'Ange.

Poète ; c'est Dieu qui t'inspire,
Le bonheur est à l'horizon :

Tout ordre vicieux expire
Vaincu par l'humaine raison ;
L'instinct n'est-ce pas la boussole,
Le souffle divin qui console,
L'espoir que Dieu vous a donné,
Mais qui soudain, lorsqu'on l'enchaîne,
Se perd, s'irrite, et vous entraîne
Dans un essor désordonné.

N'étouffez pas la voix choisie
Pour vous conduire à la vertu !
Un jour l'ignoble hypocrisie
Naquit d'un instinct combattu.
C'est qu'un fleuve au courant rapide,
Quand il est libre, va limpide
Dans les champs, dans les prés fleuris;
Mais enchaîné dans ses rivages,
Il bondit, fait d'affreux ravages
Jonchant la terre de débris.

Sans les liens qu'elle redoute,
L'âme vole à la vérité,
Son essor vous montre la route
Que doit suivre l'humanité.
Que vous dit-elle ? — aime ton frère,
Adore un Dieu puissant, espère,

Espère en Dieu notre Seigneur ! —
Puis elle dit avec prudence :
— Travaille, afin que l'abondance
Au pauvre donne un sort meilleur. —

Lorsque l'espèce humaine, encore peu nombreuse,
Par les prés, par les bois suivait sa course heureuse,
Et sur l'épais gazon se livrait au sommeil;
Qu'elle allait au hasard, trouvant sur tous rivages,
Pour aliments, du lait, des glands, des fruits sauvages,
Et pour seul foyer le soleil;

La force n'était pas tyrannie ou licence,
Et l'on n'avait pas vu l'or, inique puissance,
Exploiter les humains comme de vils troupeaux;
Non, les hommes égaux, marchant à l'aventure,
Ecoutant dans l'amour la voix de la nature,
Goûtaient la paix et le repos.

Jamais on ne trouvait alors devant la vue,
La misère qui montre à tous les coins de rue
Son teint blême, sa faim, sa maigre nudité,
Tandis que l'opulence, en vêtements de fête,
Insulte à la douleur ou, détournant la tête,
S'assoupit dans la volupté.

Riches, que faites-vous? êtes-vous donc sans âme?
Baissez, baissez les yeux! que votre front s'enflamme
Du rouge de la honte, à voir ces maux sans fin!
Car une voix vous crie: — une voix grande et forte, —
Que vous ne devez pas laisser à votre porte
      Lazare qui se meurt de faim!

Du pauvre quelquefois soulagez la détresse!
Une bonne action laisse une pure ivresse;
Que l'orphelin pleurant bénisse votre cœur!
Oh! le plus doux pouvoir, vous l'avez en partage,
Car vous l'avez reçu dans un riche héritage:
      Vous pouvez semer le bonheur!

Les bienfaits répandus sont la riche semence
Qui produit de plaisirs une récolte immense,
Qui verse dans votre âme un sentiment joyeux,
Qui vous donne l'amour, qui désarme l'envie,
Qui, dissipant l'ennui, vous fait chérir la vie
      Et rêver en pensant aux cieux!...

Mais je vais, consolant ton bon cœur de poète,
Offrir de frais tableaux à ton âme inquiète;
Les maux dont tu gémis, tous ces maux vont finir.
Le progrès fait un pas; le préjugé s'efface;
Sur la terre bientôt tout doit changer de face;
      Regarde! voici l'avenir!

                                 18

Le Poète.

O prodige ! est-ce un nouveau monde
Qui paraît brillant à mes yeux ?
Comme de tous côtés abonde
La fertilité dans ces lieux !
Comme la verdure étincelle !
Comme la terre est jeune et belle !
Mon âme un jour reviendra-t-elle
Dans ce séjour délicieux ?

Enfin plus de guerres sanglantes ;
Partout des fruits, partout des fleurs ;
Des champs couverts de mille plantes,
Grands tapis aux riches couleurs ;
Plus de prisons, plus de bastilles,
Mais des vergers et des charmilles ;
Partout des chœurs de jeunes filles,
Partout l'amour, partout des fleurs.

Je ne vois que fleuves limpides
Couverts de mariniers joyeux ;
Je ne vois que maisons splendides
Pleines d'objets d'art précieux ;

J'entends un hymne qui commence
Louant la divine clémence ;
Un hosanna s'élève immense ,
Concert sublime , harmonieux !

L'Ange.

Ah ! si , comprenant mieux combien dans votre voie
Un tendre accord pouvait jeter de douce joie ;
Si , las de parcourir un cercle vicieux
Un poète eût soudain interrogé les cieux ;
Si quelqu'un , saisissant la lyre humanitaire ,
Du monde eût dévoilé l'harmonie unitaire ,
Déjà depuis long-temps un bonheur inconnu ,
Comblant tous vos désirs , sur vos pas fût venu.
Mais les mortels disaient : — C'est notre antagonisme
Qui détruit tout : pitié , dévoûment et civisme ;
Que faire ? hélas ! toujours d'intérêts opposés ,
Les hommes ici-bas resteront divisés.
Les nobles sentiments , l'intérêt les refoule !...
Quand une voix soudain retentit dans la foule :

« Oui , vous vous épuisez dans de tristes combats ,
Malheureux , pour lutter , vous égarez vos pas
          Dans des routes contraires ;
Pourtant si votre espoir , si vos vœux sont déçus ,

C'est que vous oubliez ces doux mots de Jésus :
    Entr'aimez-vous, mes frères !

Arrêtez, imprudents ! est-ce donc pour haïr,
Est-ce donc pour combattre, est-ce donc pour gémir,
    Que Dieu vous mit ensemble ?
Ah ! l'union rend fort, l'union rend heureux ;
Que l'intérêt commun, après des maux affreux,
    Pour toujours vous rassemble !...

Mais on n'écoutait pas ; la voix parlait en vain ;
Et la foule riait avec un froid dédain.
Pourtant on vit bientôt s'accroître la souffrance,
La misère qu'engendre une âpre concurrence.
Les mortels comprenant que tous leurs grands combats,
Que les luttes sans fin ne les sauveraient pas,
Se souvinrent de l'homme annonçant l'harmonie.
Alors on s'aperçut qu'il avait du génie.
Ses livres furent lus ; on les trouva si beaux
Que tout autre écrivain en pillait des lambeaux ;
Prenant un porte-voix et relevant la tête,
Chaque pygmée alors s'érigeait en prophète.

Enfin l'on put fonder une sainte union :
Chacun selon ses goûts et sa vocation
    Voulut se rendre utile ;
Et les mortels joyeux ne furent plus rivaux

Que d'émulation dans d'immenses travaux;
    Et tout sol fut fertile.

Bientôt l'homme combla les fétides marais,
Féconda les déserts; il planta des forêts
    Sur les flancs des montagnes,
Pour combattre les vents et la grêle et les froids,
Pour former des ruisseaux qui coulent à la fois
    Par toutes les campagnes.

Et l'on n'entendit plus parler de ces fléaux,
De ces crimes hideux, de ces horribles maux
    Qu'enfante la misère.
L'homme, purifiant et son âme et son corps,
Sentant son cœur meilleur et ses membres plus forts,
    Aima l'homme son frère.

On travailla pour tous en travaillant pour soi;
Et l'on vit les vertus, le beau, la bonne foi
    Naître de l'abondance.
Puis sur la terre enfin s'établit l'unité;
Et tout mortel alors, trouvant la liberté,
    Bénit la providence.

Ainsi console-toi, le présent va finir;
Ce bonheur que tu vois, ami, c'est l'avenir!

Le Poète.

Oh ! ce charmant tableau sourit à ma pensée,
A mon cœur tout joyeux de voir nos maux finir ;
Je conserve pourtant dans mon âme oppressée
Le doux pressentiment d'un meilleur avenir !

L'Ange.

Oui, ton corps doit un jour se transformer en sève,
En fleurs pleines de miel, en fruits délicieux ;
Mais ton âme affranchie, en sortant d'un long rêve,
S'éveillera plus pure à la clarté des cieux !

Des mortels s'abaissant au niveau de la brute,
Ont dit ces tristes mots que leur instinct réfute :
            — L'âme qui doit mourir
De l'organisme humain n'est que la résultante. —
Qu'ils vivent donc ceux-là, dans une froide attente,
            Sans espoir, sans désir !

La mort est un réveil ; c'est une autre carrière ;
Alors s'ouvrent les yeux tout grands à la lumière ;

Plus divins sont les sens;
Alors on se souvient des époques passées,
Des maux et des bonheurs, des luttes insensées,
Et des vœux impuissants.

La mort est un réveil, car la vie est un songe,
Un triste aveuglement, un mirage, un mensonge;
La vie est ce linceul que jette le sommeil,
Cette nuit qui dérobe à nos yeux le soleil;
C'est le temps malheureux où l'âme prisonnière
Dans un obscur cachot cherche en vain la lumière.
O toi qui réfléchis, homme, faible roseau,
Parfois ne dis-tu pas : — d'où vient donc qu'au berceau,
Comme aux eaux du Léthé, l'âme perd la mémoire?
D'où vient que du passé l'impénétrable histoire
A l'esprit curieux n'offre aucun souvenir?
Quittons-nous le néant afin d'y revenir? —
Enfant, lorsque tu dors et qu'une image folle
En abusant ton cœur devant ton esprit vole,
Te rappelles-tu donc ton rêve précédent...
Ton existence au monde... oh! non. Mais cependant
Quand sur le corps l'esprit a repris plus d'empire;
Quand, sortant du sommeil, ton âme qui soupire
Retrouvant la mémoire ainsi que la raison,
Voit s'éclairer un peu son étroite prison;
Tu devines alors, tu comprends l'existence;
Des rêves tu conçois la légère inconstance:

S'ils ont un peu de sens de ténèbres voilé,
C'est la faible lueur d'un beau soir étoilé.
Eh bien ! la vie ; enfant, n'est que réminiscence,
C'est un pâle reflet, lumière sans puissance.
Mais quand viendra le jour, le jour du grand réveil,
Où la vérité doit briller comme un soleil ;
Lorsque brisant sa chaîne et sa coque de terre,
L'âme prendra son vol, alors plus de mystère ;
Car tout sera visible : et le monde et les cieux ;
Le passé, l'avenir, paraîtront à vos yeux.
L'âme ira par les airs, et d'étoile en étoile,
Admirant le Seigneur, et l'adorant sans voile ;
Car elle peut voler, c'est l'arôme et l'éther ;
C'est un fluide igné bien plus léger que l'air ;
A travers tous les corps elle pénètre et passe ;
Sa seule volonté l'élève dans l'espace ;
L'âme, dans son essor, ayant la liberté,
Des mondes suspendus contemple la beauté,
Se réjouit de vivre, et planant sur la terre
Y prolonge parfois un exil volontaire,
Fixant aux lieux aimés son vol mystérieux :
Car elle a pour domaine et le globe et les cieux !

III.

Mais en parlant ainsi , l'ange au regard de flamme
A mes yeux étonnés devint plus vaporeux ;
Et je vis s'effacer ses traits charmants de femme
   Dont l'aspect me rendait heureux ;

Et son beau corps prenait la couleur de l'opale ,
S'éloignant et perdant ses contours gracieux ;
Bientôt il eut la forme et la nuance pâle
   D'une étoile qui brille aux cieux.

Ange , femme au front pur , toi qui charmais ma vue ,
Déjà tu pars , et moi je reste en soupirant ;
Tu me souris au loin ; mon âme tout émue
   Aspire à te suivre en mourant.

Et j'écoutais toujours ; hélas ! à mon oreille
Il ne vint plus un mot ; tout fut silencieux.
Plus de vibration de cette voix pareille
   Au chant d'une harpe des cieux.

Et puis, baissant les yeux, je ne vis que la terre.
Alors il me sembla qu'un songe s'envolait,
Un songe qui laissant mon âme solitaire
    Pourtant encor la consolait.

Mais des oiseaux chantaient; et les fleurs vers la nue,
Vases pleins de parfums, exhalaient leur encens;
Et je sentis un calme, une paix inconnue
    Qui mollement berçait mes sens.

Octobre 1839.

A M. de Lamartine.

Lamartine, souffrez qu'en terminant ce rêve
Notre faible chant monte et jusqu'à vous s'élève;
Laissez notre murmure à votre voix s'unir,
Car nous trouvons en vous l'homme de l'avenir!

Nous vous confions donc nos vœux, notre espérance;
Oh! veillez sur le monde en veillant sur la France,
Et cherchez à la fois l'ordre et la liberté,
L'honneur avec la paix, et la fraternité.

Des travailleurs aidons la foule industrieuse;
La souffrance et la faim la rendraient furieuse;
Mais celui qui du peuple adoucira le sort,
S'appuyant sur le peuple, aussitôt sera fort.

Sans haine désormais, poète magnanime,
Nous aurons comme vous un cœur grand et sublime,
Qui pourra contenir, — calme avec dignité, —
L'amour de la patrie et de l'humanité.

1842.

Epilogue.

Oui j'avais dit d'abord : écoutons, solitaire,
Et répétons les bruits et les voix de la terre;
Car le siècle en travail sans cesse est agité.
Mais je n'espère pas buriner pour l'histoire
Des vers qui de ce temps porteront la mémoire
      Jusque dans la postérité.

J'ai cherché, j'ai trouvé des fleurs et de l'ombrage,
De frais gazons... peut-être encore est-ce un mirage?
Je veux dormir aux lieux où s'arrêtent mes pas;
O doute, ô désespoir de l'époque où nous sommes,
Clameurs et cris de rage, ô bruits que font les hommes,
      Au moins ne me réveillez pas!

1841.

Fin de Bruits du Siècle.

19

FLOSCULI.

Les Poésies qui suivent, trop locales ou trop légères, ne pouvaient entrer dans le cadre de *Bruits du Siècle*. L'auteur a cru devoir les réunir à la fin de ce volume et leur donner pour titre : FLOSCULI, *petites fleurs*.

Aux Dames inspectrices des Salles d'asile.

Mesdames, dans ce monde où vous marchez en reines
Tout vous sourit; chacun à vos voix souveraines
Est jaloux d'obéir; sans regarder plus bas,
Vous pourriez ne fouler que des fleurs sous vos pas,
Recueillir tout le miel des corolles écloses,
Et sur votre chemin ne trouver que des roses;
Car dans votre oasis, dans votre éden si doux
On croirait qu'ici-bas il est un ciel pour vous,
Ciel où de tant d'éclat vous rayonnez, ô femmes,
Enivrant d'un regard les esprits et les âmes,

Ciel où pour auréole, à votre front charmant,
Mesdames, vous avez l'étoile en diamant !

Malgré tout ce bonheur, pour quelque bien à faire
Vous descendez aussi de votre haute sphère ;
La charité sur vous a son pouvoir vainqueur,
Anges par la beauté, vous l'êtes par le cœur !
Sans craindre de souiller vos écharpes flottantes,
Vers le triste vallon vous descendez contentes ;
C'est que vous apportez du calme à la douleur,
Pour le faible un appui, de l'espoir au malheur !

Oui, sans vous, les enfants vont, la tête baissée,
Mendier à pieds nus sur la terre glacée ;
Tandis que mille maux rongent leurs corps flétris,
Le vice a pénétré dans leurs jeunes esprits
Et bien vite il s'accroît comme une lèpre immonde.
Le pauvre petit être abandonné du monde,
Arbuste sans soleil, sans clarté, jaunissant,
Dans un taudis impur sent s'éteindre en naissant
Et son âme étouffée et sa vie éphémère !...
Hélas ! il n'avait vu que les pleurs de sa mère,
Dans vos regards il lit un destin plus heureux.
Et vous, vous poursuivez votre but généreux :
De vêtements nouveaux l'enfant joyeux se couvre
Et la salle d'asile à ses premiers ans s'ouvre !

Cette salle d'asile, elle doit éveiller
Des facultés qu'un jour l'âge fera briller ;

Là, sans peine, déjà comme un bienfait immense
Eclôt l'instruction, cette bonne semence !
Le siècle a deviné que ceci serait mieux :
D'instruire l'homme enfant que de le punir vieux ;
Que l'ordre social, du crime est responsable ;
Que pour ne pas toujours construire sur le sable,
Il faut donner au faible un refuge certain,
Donner à l'homme fort du travail et du pain !

Mesdames, vous savez, d'une âme intelligente,
Distribuer l'aumône à la foule indigente,
Non l'aumône qu'on jette, avec crédulité,
Au vice, à la paresse, à la mendicité,
Mais celle qui découvre au fond d'un réduit sombre
Quelque pauvre honteux qui se cache dans l'ombre.
Et l'enfant dont le cœur est un pur encensoir
Souvent vous voit passer dans ses rêves, le soir ;
Vous empruntez pour lui les ailes des génies ;
Et puis, il se réveille, et, les deux mains unies,
Il répète vos noms en priant à genoux ;
Et Dieu tourne les yeux avec bonté vers vous.

24 février 1842.

Aux Jeunes Filles.

Si tu penches, hélas, une tête pâlie,
Prends ton vol par les champs, jeune fille jolie!
La lumière du jour, la fraîcheur du matin,
Pourront rendre à ton front la douceur du satin,
L'éclat à tes grands yeux, la couleur de la rose
A ta joue où la ride un soir était éclose;
Et l'air de nos bosquets, balsamique senteur,
Verse dans les poumons un gaz réparateur.

Jeunes filles, allez, jeunes filles jolies,
Allez, courez, volez, par la course embellies!

1840.

Une Pensée

en suivant le Convoi de M. Dufour-Denelle. (*)

Lorsqu'un vieillard, soudain frappé par la mort, tombe,
Si l'on entend partout un regret déchirant,
Si le peuple empressé, recueilli, vers la tombe
  Va prier en pleurant;

Si l'on s'écrie : — Hélas! il nous quitte avant l'heure,
Le Seigneur sur la terre aurait dû le laisser! —
Si cet homme était riche et si le pauvre pleure,
  En le voyant passer;

(*) Ancien député de l'Aisne.

Vous pouvez dire alors : — Aimante fut sa vie;
C'était un citoyen dévoué, généreux. —
Car chaque infortuné déteste par envie
    Ceux qu'il appelle heureux.

Oh! l'éloge sacré donné par l'infortune
Est une chose belle; il charme notre cœur;
C'est un bonheur pour nous que sans cesse importune
    L'égoïsme moqueur.

Il est noble surtout, dans ce moment extrême
Qui des biens de ce monde impose l'abandon,
Par-devant la cité, ce tribunal suprême,
    D'être proclamé bon.

Respect donc à celui que la foule révère!
Il est l'élu de Dieu qui ne se méprend pas;
Le malheureux qui souffre est un juge sévère
    Pour les grands d'ici-bas.

Mais il n'est point ingrat le peuple qu'on diffame,
En lui le bon instinct souvent reste vainqueur.
La misère et la faim, même en opprimant l'âme,
    N'étouffent pas le cœur.

18 mai 1841.

A Mme ***.

Madame, vous avez, dans la tiède Italie,
Porté vos pas légers, votre beau front rêveur,
Hélas! tandis qu'en proie à la mélancolie,
        Moi, j'enviais votre bonheur!

Vous avez parcouru la terre riche, ardente,
Où brillent réunis le génie et le ciel;
La terre qui vit naître et le Tasse et le Dante,
        Le Titien et Raphaël!

Vous avez visité Pise, qui, si rêveuse,
Sur le Campo-Santo semble verser des pleurs!
Florence à vos regards a dû sourire heureuse,
    Pleine d'harmonie et de fleurs!

Puis ce fut Rome enfin sainte et voluptueuse,
Rome avec Michel-Ange aux murs du Vatican;
Et Naples à la fois calme et tumultueuse
    Qui chante et dort sous un volcan;

Venise dominant la mer Adriatique,
L'Escalier des Géants et le Pont des Soupirs!
Vous avez respiré le souffle poétique,
    Des plus précieux souvenirs!

Moi, je restais ici; l'hiver me glaçait l'âme;
Et, sous un ciel de plomb, sous un astre mourant,
Je n'avais qu'un portrait et des rêves de flamme
    Pour réchauffer mon cœur souffrant!

                                     1841.

A une petite Mouche.

Elle est là sur mon front, me harcelant sans cesse.
Fuis donc, insecte vil! faut-il que je m'abaisse
       A m'occuper de toi?
Quand mon cœur veut créer un monde fantastique!
Quand mon esprit s'enflamme au souffle poétique
       D'une nouvelle foi!

La pensée en naissant bat ma tête brûlante,
Et sous ma plume éclôt la strophe étincelante
       Au vol majestueux;
Ah! l'extase m'enivre! une force inconnue
De mes ailes d'azur dirige vers la nue
       L'essor impétueux!...

20

Quoi! tu ne cesses pas ta poursuite effrontée?..
C'en est fait, je la tiens, et ma main irritée
  Va l'étouffer soudain!..
Vous avez beau crier, donner de grands coups d'aile!..
Quelle est frêle, mon Dieu! vraiment j'ai pitié d'elle!
  Et pourquoi ce dédain?

Pourquoi serais-je fier? et que suis-je moi-même?
Hélas! un grain de sable, un atôme, un problème,
  Un souffle, ainsi que toi!
N'est-ce pas pour aimer que tu fus aussi faite?
Tout rayon de soleil n'est-il pas une fête
  Pour toi comme pour moi?

T'enivrant des parfums dont mon âme est charmée,
Dans la corolle d'or d'une fleur embaumée
  Tu fixes ton séjour!
Va caresser les fleurs! ta faiblesse me touche.
J'aime à chanter aussi; vole, petite mouche,
  En bourdonnant d'amour!

1842.

Un monument sur une tombe,
C'est un inerte poids, c'est la mort sur la mort.
Quoi! vous voulez qu'un marbre tombe
Sur le sillon fertile où l'homme enfin s'endort!

La terre est légère peut-être?
Ah! du néant la chaîne est bien lourde pourtant!
Craignez-vous de voir reparaître
Le mort pour ressaisir ce qu'il donne en partant?

Mais des fleurs, c'est toujours la vie :
Si la verdure cache un cadavre à nos yeux,
Le pur calice nous convie
A l'espérance encore en nous montrant les cieux.

« Oh! pourquoi gémir, — disent-elles, —
Vers la lumière aussi tournez donc votre front;
Car les âmes sont immortelles,
Celles que vous pleurez d'en haut vous souriront! »

1842.

La Mort d'une Jeune Fille.

Elle est morte, et pourtant sur cette aride terre
Jamais plus chaste cœur ne descendit des cieux;
Comme une fleur des bois, elle aimait, solitaire,
    A se cacher aux yeux;

Le zéphyr seul touchait la chevelure blonde
Qui semblait couronner cette douce beauté;
Ce front faisait rêver que dans un meilleur monde
    On était transporté;

Ce corps blanc était pur ainsi que le saint vase
Où s'enferme le Dieu que l'on vient adorer ;
On se prenait, muet et d'amour et d'extase,
  Tout-bas à l'admirer.

Certes, nul n'eût osé sur cette sensitive
Risquer un souffle ou même un regard effronté ;
Cette vierge eut rendu la passion craintive,
  Sainte la volupté.

On eût dit qu'ici-bas cet ange, à son passage,
Venait purifier l'amour par la candeur ;
On n'aurait pas voulu forcer ce doux visage
  A rougir de pudeur.

Et souvent, en secret et sans être attendue,
A quelques malheureux elle portait du pain,
Des secours, de l'espoir ; puis craignant d'être vue
  Elle fuyait soudain.

Et le pauvre oubliait ses maux, pleurant de joie,
Consolé tout-à-coup par un charme inconnu ;
Et, bénissant le ciel, disait : — Oh ! dans ma voie
  Un bon ange est venu ! —

Dans les bras, sur le sein d'une mère chérie,
Elle est morte pourtant, les regards vers les cieux;
Elle a pris son essor vers une autre patrie
    Où, dit-on, l'on est mieux.

Un jeune l'homme l'aimait... la menteuse espérance
Semblait combler leurs vœux... il était fiancé!
Et voilà maintenant, ployé par la souffrance,
    Qu'il est seul, délaissé!

Avoir si près de soi vu le bonheur sourire
Ainsi qu'un songe vain qui nous vient abuser;
Puis attendre bientôt, seul bonheur qu'on désire,
    La tombe au froid baiser! —

S'il n'a pas rejeté la vie à l'heure extrême
Où le sol gémissant te prit comme un trésor;
C'est que ton pauvre ami, jeune fille, au ciel même
    Craint de te perdre encor!

Oh! de ton fiancé la peine est bien amère;
S'il reste loin de toi ce n'est que pour souffrir;
Pourtant il est un cœur plus déchiré : ta mère
    Qui bientôt doit mourir!

La mort est sans pitié. La grande moissonneuse
Fauche avec les épis les boutons et les fleurs;
Elle aime les sanglots et sa face haineuse
    Rit en voyant nos pleurs !

1841.

A une Dame

Qui m'avait envoyé son portrait.

O madame, merci ! dans la nuit où je traîne
Une existence morne en secouant ma chaîne ,
      Voici votre regard si doux !
Mon funeste horizon s'éclaire à votre image ;
Mais à vos traits charmants je rends un vain hommage ,
      Ah ! ce portrait ce n'est pas vous !

Et mon àme soupire, et s'écrie incertaine :
— Ce n'est que le reflet d'une étoile lointaine,
      Reflet sans chaleur, sans amour! —
Pourtant mon cœur trompé par l'ardeur qui l'embrase,
Murmure avec audace une amoureuse phrase
      En vous admirant chaque jour.

C'est que je ne crains pas que la colère plisse
Votre front pur et beau, qu'un froid nuage glisse
      Sur la flamme de vos grands yeux!...
C'est que je ne crains pas votre regard sévère
Qui, retombant sur moi, briserait comme verre
      Un songe qui m'élève aux cieux!

1841

A une Muse mystérieuse.

Oh! quel est donc l'oiseau mélodieux qui chante,
Qui chante en se cachant? cette plainte touchante,
Ne l'entendrons-nous plus?... certes, de tels accents
Pour vaincre la critique étaient assez puissants!...
Et partout l'on disait : — C'est une jeune femme
Qui fuyant les regards, craint qu'on ne la diffame. —
Oui, quand la femme est pure, on s'attache à ses pas;
On l'accable, elle est faible, elle succombe hélas!
Et nul ne la relève; elle est vite oubliée.
Mais toi, dont la voix charme, ah! tu n'es point souillée!
Trop noble était ton cœur pour qu'on pût l'avilir!...
Quoi! vivante, tu veux dans l'ombre ensevelir

Ton inspiration ? comme un marbre de tombe
Sur tes accords il faut que le silence tombe ?
Et, pauvre ange déchu, redoutant quelqu'affront,
Aux couronnes de fleurs tu dérobes ton front ?
Non, non, va, ne crains pas l'injure ou l'ironie !
Quand le regard s'émousse au soleil du génie,
Il faut baisser les yeux et nul n'a souvenir
Des taches dont cet astre a semblé se ternir !

Voit-on l'oiseau que Dieu doua d'ailes légères,
Se cachant dans la mousse, habiter les fougères ?
Et la fleur enchaînée, en pleurant ici-bas,
Vers l'air, vers le soleil, ne tourne-t-elle pas
Son calice au cœur d'or comme un précieux vase
Où l'encens de l'amour incessamment s'embrase ?
Ote l'air à l'oiseau, bientôt il doit mourir ;
La lumière à la fleur, elle va se flétrir !...
Que fais-tu, jeune fille ? ah ! de même que l'ombre,
Tu veux, loin du soleil, fuir dans un réduit sombre !...
Sais-tu que dans la nuit on devine parfois
Les fleurs à leurs parfums, les oiseaux à leurs voix ?

Lorsqu'un noble penchant nous pousse et nous emporte,
Sans doute on peut tomber ; il faut marcher, qu'importe !
Ainsi reprends courage et calme ton effroi ;
Ne brise pas, ma sœur, le luth qui vibre en toi !
C'est un crime, vois-tu, d'éteindre la pensée,
Etincelle que Dieu mit dans l'âme oppressée
Comme un signe divin, comme un frais souvenir

De ces lieux inconnus où l'on doit revenir !
La pensée en rêvant nous élève et nous change ;
Par elle l'homme aux cieux plane comme l'archange.

Mais, fille de la terre, en chantant l'autre jour
Tu nous disais : — Ici, je ne veux que l'amour. —
De ton nom cependant laisse tomber le voile,
Car peut-être bientôt ce nom comme une étoile
Pourra, nous couronnant de rayons, de clarté,
Nous donner en reflet son immortalité.
Pour nous qui te prions, pour ta ville natale,
Ah ! démens aujourd'hui ta parole fatale !
Que ton génie enfin s'allume radieux !
Dans les plaines des airs prends ton essor joyeux !
Là, Tastu, Ségalas, ont déployé leur aile,
Tu peux aussi voler, et, douce tourterelle,
Revenir quelquefois pour retrouver ton nid
Au pénible chemin que l'amour aplanit.
Oui sans doute, l'amour est tout sur cette terre,
Il nous console seul dans notre exil austère ;
La femme dans ce monde est un ange aux doux yeux
Qui pour nous soutenir est descendu des cieux.
Remplis ta mission : laisse parler ton âme !
Laisse ton cœur vibrer dans des chants pleins de flamme !
Tu dois : femme et poète, au terrestre séjour
Recueillir ces deux fleurs : et la gloire et l'amour.

1841.

Le *Guetteur* de Saint-Quentin avait inséré de très beaux vers signés : *une Grisette*.

21

Réponse de la Muse mystérieuse.

O vous, jeune poète à la voix forte et tendre,
Qui m'avez écoutée et que je viens d'entendre,
Merci de votre chant. Ah ! de vos doux accents
Le parfum suffisait sans y joindre l'encens.

La GRISETTE.

Encore un Mot à la Muse mystérieuse.

Lorsque ton âme enfin vers l'avenir s'élance,
Quoi l'on veut t'effrayer, te réduire au silence!...
Poète, quand ton luth frémissait sous tes doigts
N'as-tu pas vu la foule applaudir à ta voix?
Et dans l'ombre pourtant, tu te caches, timide
Comme la fleur des bois qui, de rosée humide,
Semble craindre toujours le soleil trop puissant
Dont le baiser de feu flétrit en caressant...
Il existe des fleurs qu'un vif éclat décore
Et qu'un rayon doré fait briller plus encore;

Va, ta muse au grand jour ne se flétrirait pas,
Car elle aurait la gloire et non point le trépas.

Mais pourquoi, dépensant des trésors d'harmonie,
D'une main si prodigue effeuiller ton génie?
Sur la page éphémère et qu'emporte le vent
Tu jettes des accords qu'on admire en rêvant;
La page disparaît vieille d'une journée
Et dans le tourbillon ta voix est entraînée!
Pourquoi livrer ainsi tes doux pensers d'amour,
A la feuille légère et qui ne vit qu'un jour?
Pourquoi de ta corbeille, où fleurissent les roses,
Disperser les parfums, les corolles écloses?
Pourquoi, comme un enfant, jeter sur le chemin
Des pétales, hélas, arrachés par ta main?...
Ah! tu pourrais pourtant, toi riche en poésie,
Tresser une guirlande odorante et choisie,
Immortelle peut-être... immortelle! sais-tu
Combien ce mot relève un esprit abattu?...
Tu veux vivre, as-tu dit! ton âme se révèle:
Aigle, suis, en montant, une route nouvelle!
Vivre, c'est être fort dans un air libre et pur,
C'est contempler le ciel, mer immense d'azur...
Ici-bas, c'est sentir qu'on est bon, qu'on respire,
C'est verser des bienfaits sur l'être qui soupire.
Oui, vivre c'est aimer, mais c'est poursuivre encor
Quelque lointain bonheur dans un horizon d'or;
C'est avoir un désir, un but, une espérance
Qui de sa voix nous charme et calme la souffrance,

Qui nous répète, « Enfant, marche, marche toujours,
Car la gloire est là-bas, là-bas sont d'heureux jours! »
Eh! qu'importe au mortel fort de tout son courage,
Que notre but s'éloigne ainsi qu'un vain mirage,
Et qu'avant de l'atteindre on s'arrête vaincu?
Lorsque la mort arrive, au moins on a vécu!

Mais n'oser pas marcher de crainte qu'on ne tombe,
Mais enchaîner sa force et rechercher la tombe,
Papillon paresseux dans sa coque enfermé,
Rester, l'aile ployée, et presqu'inanimé,
Non, ce n'est pas la vie et c'est chose insensée!...
Laisse aller par le monde et planer ta pensée!
Dans un charmant bouquet rassemble tous tes chants!
Ne crains pas l'ironie ou les hommes méchants!
On saura te comprendre, apprécier ton âme;
Le génie est sacré pour tous quand il est femme!
Cache ton nom d'ailleurs, si tu le veux ainsi;
Ton noble front long-temps ne peut être obscurci,
Car la flamme étincèle et se trahit dans l'ombre,
Et l'étoile apparaît à travers la nuit sombre!

La Grisette. (*)

Oui! c'était une muse au langage touchant,
A la voix énergique, à l'harmonieux chant;
C'était un tendre cœur, une jeune ouvrière
Qui travaillait courbée une journée entière,
Mais qui chantait dans l'ombre à la chute du jour.
Et la foule entendant ces doux accents d'amour,
Epiait toute femme et cherchait le génie
Qui sur nous répandait une riche harmonie;
Le voile a disparu, l'être mystérieux
Soudain s'envole ainsi qu'un rêve vers les cieux.

(*) Les vers qui ont paru, signés *La Grisette*, sont de M. Gustave
Demoulin.

Gustave, c'était toi qui sous un pseudonyme
Te dérobais modeste à l'éloge unanime,
En secret écoutant les jugements divers
Que prononçait le monde en lisant tes beaux vers ;
C'était toi la grisette, hélas ! la pauvre femme
Que l'homme seul corrompt et qu'il déclare infâme,
La pauvre fleur qui penche et tombe sans soutien,
Qui n'avait que son cœur et l'amour pour tout bien,
A qui l'on a tout pris avec une âme avide,
Que l'on jette au ruisseau comme une écorce vide !

Gustave, pourquoi donc, morne, silencieux,
Te cachais-tu sans cesse et baissais-tu les yeux ?
Tu fuyais, tu craignais qu'en trahissant ta flamme,
Un chaud regard ne vînt à dévoiler ton âme ;
Tu ne dois plus rester dans l'ombre enseveli,
Si la tombe est glacée, ah ! plus froid est l'oubli.
Poète ! puisses-tu vaincre un destin contraire !
Qu'à tes pas le sentier soit facile, ô mon frère !

Iambe.

A M. Léon Magnier.

> Puis abaisse la tête et rentre dans la foule,
> Là, sans but, au hasard, comme une eau qui s'écoule,
> Loin, bien loin des sentiers battus par ton aïeul,
> Dans ce monde galeux passe et marche tout seul...
>
> A. Barbier.

Le poète devrait, spartiate aguerri,
Sans jamais sourciller, sans jeter un seul cri,
Se laisser dévorer le ventre sous sa robe
Par le génie en feu qu'au ciel même il dérobe.
Et passant ici-bas, morne et silencieux,
Voiler avec sa main la flamme de ses yeux.

Car ne le sais-tu pas, dans ce monde frivole,
Le reptile qui rampe et le vautour qui vole
S'acharnent de concert sur ces frêles oiseaux
Qui n'ont pour tout abri qu'un nid dans les roseaux.
Ne sais-tu pas encor que l'insecte s'effare
Lorsque dans l'ombre il voit briller un nouveau phare,
Et que, soudainement éclairé dans sa nuit,
Il vole en bourdonnant autour du front qui luit.

Quoi! c'est toi qui me dis : « Frère, sors de ton ombre!
» D'un souffle harmonieux chasse le voile sombre
» Qui recouvre ton nom; au linceul de l'oubli,
» Vivant, veux-tu rester encore enseveli? »
Oh! que ne m'as-tu dit, sage autant que poète :
« Le monde est sourd, ami, que ta voix soit muette!
» Va, je sais tout le fiel qu'au cœur nous amassons
» Pour en former plus tard le miel de nos chansons;
» Je sais bien la douleur qui rend la voix touchante :
» Voit-on jamais sourire une bouche qui chante?... »
Que n'as-tu dit cela! Je t'aurais entendu,
Et mon silence alors t'aurait mieux répondu.

Pourquoi chanter, dis-moi? Nulle oreille exaltée
N'attend pour recueillir la parole enchantée;
Les hommes ont perdu le poétique sens
Qui, vibrant, résonnait aux mystiques accens.
Ils ne s'abreuvent plus à ces deux grandes sources
Que la femme et que Dieu répandent sur leurs courses

Pour leur lèvre altérée, à ces sources sans fiel :
L'amour, jet de la terre, et la foi, flot du ciel.
Enivrés d'un regard, l'âme toute ravie,
Ils ne vont plus puiser le souffle de leur vie
A l'haleine de fleur, au soupir embaumé
D'une femme qu'on aime et dont on est aimé.
Ils s'en vont, l'œil en flamme, et la face rougie,
Dans un bouge, aspirer l'air infect de l'orgie
Dont les exhalaisons, les miasmes vainqueurs
Corrompent leur esprit et pourrissent leurs cœurs.
Et le banquet fini, leurs âmes endurcies
N'auront pas deviné les sombres prophéties
Qui, sous le doigt divin, sur leurs murs flamboîront...
Si les veilles parfois viennent plisser leur front,
Ces nuits joyeuses font, sur leurs crânes arides,
Plutôt que des sillons, des tombes de leurs rides.
Ils n'ont plus de pensée, et point de sentiment!
L'église, pour eux tous, n'est plus qu'un monument
Où l'on conserve encore, ainsi qu'une momie,
Le Dieu mort qu'a tué leur docte anatomie.
Il ne leur reste rien : sans joug, sans frein, sans loi,
Ils ont usé l'amour, ils ont brisé la foi!
Comment veux-tu qu'on mêle à leurs longs cris de fête,
Comme un écho du ciel, une voix de prophète?
Dans leur torrent de bruit se perdrait notre chant.
Ami, comment veux-tu qu'on verse, en s'y penchant,
La pure poésie au noir courant du monde
Pour la voir emporter dans cet égout immonde,
Comme on voit dans les flots de nos ruisseaux boueux

Se perdre en y roulant l'eau qui tombe des cieux ?

Et maintenant, crois-moi, si tu te sens dans l'âme
Ce feu pur et sacré, cette brûlante flamme
Qui fait à tous les yeux étinceler un nom ;
Comme de la statue élevée à Memnon,
Si, chaque jour, l'aurore, en dorant ton génie,
N'en tire que des sons d'amour et d'harmonie ;
Si le frais crépuscule au rayon fugitif
N'en peut faire exhaler qu'un son triste et plaintif ;
Enfin si dans ton sein une voix inquiète
T'a crié : — Pauvre roi ! je te sacre poète !
Fuis ce monde désert que couvre un dôme en feu...
Sous quelque ombrage vert ou sous quelque ciel bleu,
Va rêver et chanter ; ta paupière arrosée
Mêlera tes doux pleurs à la douce rosée
Sans qu'un homme de marbre au sourire glacé
Dise en te regardant : — L'insensé ! l'insensé !
Et si tu veux parfois marcher avec la foule
Que ton âme au-dedans se voile et se refoule ;
Sur ton front attristé, mets un masque rieur,
Puis entre, fou raillant, dans ce monde railleur.

GUSTAVE DEMOULIN.

A une Jeune Fille.

Pour retrouver la joie... ainsi qu'à vous, ô fleurs
    Que fait pleurer l'orage,
Il me faut un rayon qui sèche tous les pleurs
    En chassant tout nuage...

Jeune fille, vers moi tourne donc par hasard
    Tes yeux pour que j'y voie
Un rayon, un sourire, un humide regard,
    Qui me rendent la joie.

1841.

A M. Victor Hugo.

Lors de sa non-entrée à l'académie en 1840. (*)

Le silence régnait et nos vieux immortels
Dormaient paisiblement en rêvant à Delille;
On pouvait voir éteint sur leurs mornes autels
    L'encensoir inutile.

Quels doux rêves ! c'était l'olympe, Cupidon,
Vénus, Flore, Cérès, Pomone, Pan, Zéphire,
Terpsichore et ses jeux, les Grâces, Apollon,
    Qui tous daignaient sourire.

(*) M. Hugo n'est entré à l'académie qu'en janvier 1841.

Quand tout-à-coup éclate un nom séditieux :
— Victor Hugo ! — C'est lui, c'est ce front redoutable !
Chacun en s'éveillant, en se frottant les yeux,
    Pousse un cri lamentable.

L'un presse sur son cœur de vieux lauriers fripés
Qui dans ses doigts serrés déjà tombent en poudre;
Tous restent interdits et de terreur frappés
    Comme d'un coup foudre.

Quelques amis pourtant nobles conspirateurs,
Lamartine, Nodier, au poète lyrique
Offraient la main, riant, les sublimes auteurs,
    De cette peur panique.

Quand un des immortels, remis de son frisson,
S'efforce d'élever une voix aguerrie;
Ainsi qu'un écolier qui redit sa leçon
    Aussitôt il s'écrie :

— « Que veut ce Borgia? mieux vaudrait faire entrer
Une douce Euménide ou le cheval de Troie.
Il vient pour nous braver et pour nous dévorer,
    Ce fier oiseau de proie !

Arrière, audacieux! c'est le temple sacré
Des Muses chastes sœurs, c'est ici le Parnasse;
D'Apollon protecteur, d'Apollon vénéré
      La fureur te menace !.... »

—

Ils ne t'ont pas reçu, les jaloux insensés!
Redoutant les rayons ils se cachent dans l'ombre ;
Ils n'ont pas redoré de leurs lauriers passés
      L'édifice trop sombre!

Mais si de leur folie on ne fut pas vainqueur,
Cela t'est bien égal, ô poète sublime!
Car tout jeune français te garde dans son cœur
      L'endroit le plus intime.

La jeune France inscrit ton nom sur son drapeau,
Et sous cet étendard s'avance dans ta voie;
Ton astre est rayonnant comme un divin flambeau
      Que l'on suit avec joie.

L'effroi de tes amis vient de se dissiper,
Et du sommeil pour toi craignant l'épidémie,
Peut-être ils sont heureux de te voir échapper
A cette académie.

1840.

Souvenir.

A Mlle Loïsa Puget.

O jeune fille, un soir vous vîntes dans ces lieux;
— Vous l'avez oublié sans doute? —
Bel oiseau voyageur, vous cherchiez d'autres cieux,
Mais vous chantiez sur votre route.

Vous nous fîtes pleurer, sourire à votre choix;
Sur nous vous pouvez tout, ô femme,
Car vous avez du feu, des larmes dans la voix,
Et vous chantez avec votre âme.

Suspendant notre souffle à vos accords touchants,
    Hélas! nous écoutions encore;
Nous avions dans le cœur un écho de vos chants,
    Une vibration sonore.

Cependant ce fut tout; vous partîtes soudain
    Dans les airs, en déployant l'aile;
Votre apparition fut comme un songe vain
    Mais bien doux que l'on se rappelle.

1840.

La Mort d'une Colombe.

Oh! mais qu'as-tu, dis-moi! Pourquoi pleurer ainsi?
Quel est donc le sujet d'un si grave souci?
Enfant, explique-moi cette douleur cruelle!...

— Tiens, vois, là sur mon cœur, ma blanche tourterelle!
Cette colombe, hélas! me suivait en chemin,
Sur moi venait voler, et mangeait dans ma main.
Eh bien, moi, sans la voir, en courant, tout-à-l'heure,
Je l'ai foulée aux pieds... Faudra-t-il qu'elle meure?
Quel malheur ce serait! Peut-on la secourir?
Ah! mon âme se brise en la voyant souffrir.

Comme elle me regarde! ô ma pauvre colombe,
Ne m'en veux pas! hélas! hélas! elle succombe!
J'ai beau la caresser, elle ferme les yeux;
Son petit bec s'entr'ouvre, et son cou gracieux
Se penche... Mes baisers sont vains... Quoi! déjà l'heure
Où tu dois me quitter, pauvre oiseau que je pleure!..
On peut donc faire mal, mon Dieu, sans le vouloir!..

— Ce n'est qu'un frêle oiseau.... Calme ce désespoir!
Il faut se résigner à perdre ce qu'on aime :
Ici-bas tout nous quitte... Et ta mère elle-même...
Cela te fait frémir... Un jour il le faudra.
Mais au ciel, près de Dieu, ta mère t'attendra.

1840

A une Jeune Femme.

L'autre jour nous étions deux à vous admirer :
Madame! votre époux qui sait vous adorer,
Puis moi son compagnon, moi son ami d'enfance,
Moi qu'il admet ici sans peur, sans défiance.
Vous, près de ce berceau, vous berciez en chantant
Ce bel ange endormi qui vous ressemble tant;
Votre cœur murmurait quelque sainte prière,
Et la joie humectait votre rose paupière.
Vous baissâtes les yeux, afin de nous cacher
Sous vos longs cils des pleurs qui venaient s'épancher;

Puis relevant bientôt votre visage humide,
Vous nous laissâtes voir votre regard timide
Qui cherchait votre enfant, votre époux tour-à-tour
Avec un doux souris de bonheur et d'amour;
Et je pus lire alors écrits en traits de flamme
Les sentiments bien purs qui vous remplissaient l'âme.
Madame, ce jour-là, ne regardant que vous,
Je vis que vos beaux yeux disaient à votre époux :
« Merci pour ce portrait vivant qui te ressemble,
Pour ces traits si chéris où nous sommes ensemble! »
Et vos yeux devenus plus chauds, plus veloutés,
Noyaient dans son regard leurs limpides clartés.
Et moi je maudissais ma morne solitude,
Les plaisirs vains et froids que procure l'étude,
Et le foyer sans joie où l'on s'endort lassé
Comme sous une tombe et seul et délaissé.

Oh! oui, mon cœur te plaint, triste célibataire!
Ainsi qu'un inconnu, tu passes sur la terre,
D'avides étrangers te regardent mourir;
Tu n'as pas ici-bas d'enfants pour te chérir;
Tu meurs bien tout entier; tu ne vis en personne;
Nul être à ton chevet, lorsque ton corps frissonne,
Ne te donne la main, ne te ferme les yeux,
Et ne t'ouvre en priant un chemin dans les cieux.

1840.

D'une Femme.

Ce n'est pas sa beauté que j'aime tant en *elle* ;
— Quoique toute beauté fasse naître l'amour ; —
Ce n'est pas son esprit qui toujours se décelle
      Brillant, ingénu tour-à-tour.

J'aime un charme inconnu que je ne puis décrire,
Quelque chose d'aimant qu'ailleurs je cherche en vain,
Un mot, un son de voix, un regard, un sourire ;
      Ce que j'aime, c'est *elle* enfin.

1841.

Ecrit sur un Album.

Puisqu'ici-bas je trouve un ange aux traits de femme,
Je n'irais pas là-haut pour le chercher, madame!
Et je ne voudrais pas du ciel sans votre amour.
Non, le lieu de bonheur que désire mon âme
     C'est, avec vous, le terrestre séjour.

1841.

Un Rêve.

Je veille ; elle repose ; elle est là dans mes bras ;
Elle dort, elle rêve et sa voix parle bas.
Un soupir a gonflé sa poitrine oppressée ;
Pourrai-je découvrir sa secrète pensée?...
Et j'écoute attentif... j'entends les mots d'amour
Qu'en attendant le soir, elle a redits le jour.
A toute heure, en tout temps, pendant le sommeil même,
Ainsi mon souvenir remplit ce cœur qui m'aime.

— « Que fait-il maintenant ? doit-il venir ce soir ?
Peut-il me laisser seule et tromper mon espoir !

23

Je suis triste , il le sait, et pourtant il m'oublie ,
L'ingrat ! il m'abandonne à ma mélancolie !...
Les hommes pour séduire ont des serments bien doux,
Mais ils n'aiment jamais, comme nous aimons , nous !...
Il s'arrête à rêver une chose inconnue ,
A respirer la brise , à contempler la nue ;
Moi, je ne trouve rien de charmant qu'avec lui ;
Sans lui , je ne sais pas si le soleil a lui
Si le ciel est obscur ou si brille l'étoile !...
Je puis le contempler au moins sur cette toile ;
Voilà ses traits aimés; ce sont bien ses grands yeux ;
Il me regarde ainsi pensif et sérieux ;
Pourtant il a parfois de longs regards de flamme
Qui font baisser les miens et décèlent son âme !...
Quant à vous, vaine image , un baiser plein d'ardeur
Ne pourrait ranimer votre morne froideur.... »

— Et je sens sur ma lèvre une bouche charmante ;
Je rends mille baisers à mon aimable amante ;
Elle ouvre alors des yeux qu'elle fixe au hasard
Et puis elle sourit , joyeuse , à mon regard.

1840.

A Madame X.

Madame, c'est à vous qu'appartient l'avenir :
Vous savez dans les cœurs graver un souvenir;
Votre fortune sert votre bonté touchante;
Grâce, esprit, charité, tout en vous nous enchante;
Certes, après la mort, votre image vivra;
L'indigent attendri de vous se souviendra.
Puis, ange comme vous, n'avez-vous pas encore
Une enfant au front pur qu'un sourire décore?

Moi, c'est triste à penser, je mourrai pauvre et seul;
L'oubli viendra sur moi tomber comme un linceul;
Pas un ami n'ira jusque dans un coin sombre
Lire mes vers poudreux qui dormiront dans l'ombre.

1841.

Murmure.

Le poète est l'oiseau qui, parcourant les airs,
Les remplit au printemps d'harmonieux concerts.
Fatigué quelquefois il descend de la nue.
Il retrouve ici-bas sa compagne ingénue.
Il dit une chanson sous les rameaux fleuris;
Il aime; il est aimé; ses accents sont chéris.
Il peut aller du Nord au midi d'un coup d'aile,
Retrouver sa compagne et reposer près d'elle;
Ou, l'emmener aux cieux dans un essor vainqueur,
L'emmener palpitante et l'amour dans le cœur.
Mais malheur au poète isolé sur la terre :
Sa voix s'éteint et meurt, et son âme s'altère;
Ses yeux, loin du soleil, loin du divin flambeau,
Se tournant vers le sol y cherchent le tombeau.

A mon ami Natalis Rondot.

Entendez-vous parfois une cloche, le soir ?
Elle gémit dans l'air ; il semble qu'elle pleure,
Et , tandis que la nuit monte à l'horizon noir,
Qu'elle veut prolonger l'adieu que nous dit l'heure.

Ainsi s'en vont les jours jusqu'à ce que l'on meure ;
Ainsi fuit toute joie ; ainsi fuit tout espoir.
L'homme en proie aux regrets pour un instant demeure
Sur la terre où l'enchaîne un pénible devoir.

Cette vibration que l'écho nous répète,
Ce son lointain, mourant, qui plait tant au poète,
Jette dans mon esprit un funèbre penser.

Lorsque retentissant sur la paroi sonore
Chaque coup de marteau sur mon cœur frappe encore
Je sens en frissonnant mon âme se glacer.

Le fruit a toujours plus ou moins du goût
de la fleur.

Lettre de M. A. DE LAMARTINE *à l'auteur.*

•

Enfant j'aimais les fleurs,
L'herbe de nos prairies,
Et la rosée en pleurs
Sur les plantes fleuries ;
J'aimais l'azur des cieux,
Le bois silencieux,
Le vol capricieux
Des chastes rêveries.

J'aimais l'odeur du thym
Parfumant ma couchette,
Quand, à l'air du matin,
Regardant l'alouette
Voltiger doucement,
J'étendais mollement
Sur le gazon charmant
Mon jeune front poète.

Je ne suis point changé :
Car la douleur cruelle,
L'âge et le préjugé
Ne m'ont point brisé l'aile
Sous leur poids étouffant.
Je suis toujours l'enfant
Joyeux et triomphant
Devant la fleur nouvelle.

1840.

Sur la Tombe d'une petite Fille.

Loïsa, jeune enfant, blanche et douce colombe,
Demeure auprès de Dieu, mais non sous cette tombe;
Son front était si pur que les anges jaloux
L'appelèrent au ciel, hélas! bien loin de nous!...

1842.

Sur la Tombe d'un petit Enfant.

Comme un ange vers nous envoyé de la nue
Il vint pour nous sourire et remonta vers Dieu.
Il avait le front pur, la figure ingénue;
Son corps parmi les fleurs repose dans ce lieu!..

1842.

O vous qui bienveillants m'avez encouragé
Dans le sentier pénible où je suis engagé;
O vous qui m'approuvant et qui daignant me lire,
Me poussez dans la voie avec un doux sourire;
Amis, vous êtes bons, dans le triste chemin,
Vous me prêtez toujours votre appui, votre main!

Mais pour vous, hommes froids dont la lourde apathie
N'a pas d'élan pour l'art, n'a pas de sympathie
Pour un cœur de poète isolé parmi vous,
Vous ne me verrez pas ramper à vos genoux!
Obtenir vos bravos, ou bien votre censure,
Cela m'importe peu, très peu, je vous l'assure;

De grâce laissez-moi chanter et soupirer!
Ce n'est pas votre appui que je veux implorer.
Car, vous n'aurez de moi ni strophe caressante,
Ni louangeur encens, ni parole offensante;
Oh! je ne vous hais pas; je n'ai pas d'ennemis,
Et je suis en aimant la route ou Dieu m'a mis.
Le poète après tout est né pour le martyre,
Sa voix doit consoler, non hurler et maudire.

Avril 1841.

Appel.

Sortez, ô mes amis, sortez de vos demeures !
La fatigue a son temps, le plaisir a ses heures,
      Suspendez vos travaux !
Au jour laissons le bruit, le labeur et la peine ;
Que le soir calme et frais, à la clarté sereine,
      Soit l'heure du repos !

Les parfums des jardins s'élèvent vers la nue ;
Oh ! comment pouvez-vous — lorsque l'heure est venue
      De rêver au seigneur, —
Dans un fétide lieu humer votre cigare,
Et près des tapis verts où la raison s'égare,
      Abrutir votre cœur ?

24

A moi la liberté qui fait qu'on se sent vivre,
La brise et les parfums dont joyeux je m'enivre,
      L'air pur que nous aimons!
L'air concentré m'oppresse et m'étouffe et me tue;
Il faut les champs, les bois, à mon âme abattue,
      Et l'air à mes poumons!

A moi donc les senteurs des fleurs, de la verdure!
J'aime à sentir au vent flotter ma chevelure
      Sur mon front soucieux.
Quand ma tête est brûlante et quand mon front s'incline,
Je gravis en courant quelque haute colline
      D'où j'admire les cieux.

1839.

Je chante en regardant le ciel ; je ne sais pas
Où mon triste destin doit conduire mes pas.
Un rayon de soleil, un air pur dans la plaine,
Le parfum d'une fleur, une brise soudaine,
Le printemps, la verdure, une étoile, un beau soir,
Me font de doux moments de bonheur et d'espoir.
Mais le monde parfois me gène et m'importune :
Il faut avoir l'aplomb que donne la fortune,
Il faut, pour ainsi dire, être lesté d'argent,
Ou bien être flatteur dans ce monde élégant
Où le luxe partout brille, éclate et flamboie,
Où l'on va s'efforçant de simuler la joie ;
Comme une âme en exil moi j'y traîne mes pas
Au hasard ; on me parle, hélas ! je n'entends pas ;
Je suis distrait, rêveur ; sous l'ennui je succombe ;
Je ressemble souvent à la pauvre colombe
Dont les transports d'amour ont de plaintifs accents ;
Et je sors accablé des bals éblouissants

1840.

Billet.

J'aime une belle fleur,
J'aime une belle femme,
Mais j'estime la fleur
Pour sa douce senteur,
Et toi c'est pour ton âme
Que je t'adore, ô femme !

1840.

A M. Victor Hugo.

Que fais-tu donc, poète à la lyre étoilée?
D'ou vient qu'on n'entend plus ta grande voix ailée,
Ta voix qui parcourant l'immensité des cieux
Allait d'un monde à l'autre en souffle harmonieux?
D'où vient qu'on n'entend plus tes accents satiriques,
Ni tes doux chants d'amour, ni tes strophes lyriques?
Pourtant on peut trouver des vices à flétrir,
Et des infortunés à plaindre, à secourir.
Regarde autour de toi, le chaos continue;
Le progrès est bien lent; en vain l'on s'exténue
A crier aux humains : frères, que faites-vous?
Toujours sans regarder ils vont se heurtant tous.

Toujours c'est le boisseau sur la clarté nouvelle,
Et sur la vérité que chaque iustant révèle;
C'est bien l'argent toujours le vrai Dieu d'ici-bas.
Puis c'est la politique aux stériles débats ;
Ce sont tous les partis hurlant sans se comprendre ;
C'est l'immense Babel que mon vers ne peut rendre;
Ce sont des cris confus qui se mêlent dans l'air,
Des chocs d'où ne jaillit hélas! pas un éclair;
C'est un homme rampant qui se glisse et s'enlace;
C'est un ambitieux s'emparant d'une place ;
C'est le peuple plus bas, blême, mourant de faim,
Et toujours la misère et des crimes sans fin!
La femme doit-elle être immolée et perdue ?
La presse doit-elle être enchaînée ou vendue ?
Que veulent ces rhéteurs avec leurs vains projets ?
Que deviendra le roi redoutant ses sujets ?
Que devient l'industrie avec la banqueroute
Qui laisse l'ouvrier sans pain sur une route ?
Que deviendra la France ?.., Oh ! certes; en tremblant;
Tout penseur effrayé penche son front brûlant.

Tu promettais pourtant de jeter dans nos *ombres* ,
Sous notre ciel de plomb , dans nos routes si sombres,
Des accents consolants , de lumineux *rayons* ; (1)
Et c'est en soupirant que nous les attendions.

---

(1) M. Victor Hugo n'avait pas encore fait paraître son dernier volume de poésie, *les Rayons et les Ombres*.

Autrefois on craignait ta mordante satire,
Ta fureur menaçant tous ceux que l'or attire ;
De l'ignoble veau d'or tu brisais les autels ;
Ta poésie en feu foudroyait les mortels ;
Ta poésie en feu, de tout fourbe ennemie,
Collait sur le front vil le sceau de l'infamie,
Et toujours harcelant l'homme rampant et bas,
Lui jetait ce mépris qui ne s'efface pas.

Que fais-tu maintenant, que fais-tu donc, poète !
Accorde quelques mots à mon âme inquiète !
Quelques mots à montrer avec un air vainqueur,
A couvrir de baisers, à placer sur mon cœur !
Ah ! ne pourrai-je entendre une voix qui console ?
Dois-je errer dans la nuit sans but et sans boussole !
Quoi ! n'as-tu pas pitié de ces tremblantes fleurs (2)
Qui des champs l'autre jour vinrent fondant en pleurs ;
Pauvres filles du nord, à peine épanouies,
Qui tombant à tes pieds, furent tout éblouies ?...
Mais pardon ! grand poète !... Oh ! moi je souffre tant !...
Vous ne le savez pas, car vous vivez content ;
Car la gloire est à vous : chacun vous porte envie ;
Mais moi je traîne hélas ! péniblement la vie.
Le poète inconnu lutte, lutte toujours ;
Il pense à l'horizon voir venir de beaux jours ;

(2) *Fleurs des Champs* premier ouvrage de l'auteur, dédié à M. Victor
Hugo qui a daigné en agréer l'hommage.

C'est le malheur qui vient; mais qu'importe à la foule!
N'a-t-on pas le salpêtre, ou la Seine qui coule,
Ou l'opium enfin qui fait que l'on s'endort
D'un sommeil enchanté qui conduit à la mort!

4 février 1840.

Le Nègre.

De ma case un matin je m'enfuis dans les bois,
Je fus libre! et l'écho répétait seul ma voix.

La nuit régnait encore et couvrait les savanes,
Je me glissai sans bruit dans les buissons de cannes,
Et je marchais toujours, et j'étais tout tremblant,
Mais enfin j'étais libre! oui, libre comme un Blanc!
Je trouvais des limons, des cocos, des bananes,
Et je m'assis joyeux sous les vertes lianes.
Je tombais de fatigue, et le sommeil trompeur
Vint répandre sur moi des songes de bonheur.

Quand je me réveillai, je cherchai ma compagne ;
Pauvre nègre marron perdu dans la campagne,
J'étais seul ; je maudis ma froide liberté,
Et l'ennui s'empara de mon cœur attristé.
— « O ma brune Eudora ! pendant que je soupire
Que fais-tu loin de moi ? »... Dans l'air ma voix expire...
Pourquoi quitter ma case et m'enfuir dans les bois ?
Hélas ! hélas ! l'écho répond seul à ma voix.

Des habitants de l'air la foule si nombreuse
Autour de moi pourtant chantait, volait heureuse.
Les brillants papillons, les joyeux colibris,
Caressaient de leur vol les arbustes fleuris.
Le palmier vers les cieux élevait ses panaches,
Et du serpent lové l'orbe couvert de taches
Reflétait les rayons d'un soleil éclatant.
L'insecte bourdonnait et butinait content
Sur les rouges cactiers, sur les grands lauriers roses.
Des parfums s'exhalaient de mille fleurs écloses ;
Une onde près de moi murmurait doucement ;
Mais rien ne me charmait, je chantai tristement :

Tout est joyeux dans la nature,
Tout est joyeux avec l'amour ;
Sans l'amour toute créature
Bientôt n'a plus que chagrin, que torture ;
Sans amour on maudit le jour.

Tout mal qui brûle et qui dévore,
Tout mal qui vient fondre sur nous,
Semble bien moins pénible encore
Que le mépris de *celle* qu'on adore
Et que l'on implore à genoux.

Hélas! moi j'aime une infidèle;
Elle me fuit! c'est trop souffrir,
Mais j'irai me tuer près d'elle;
Elle saura mon amour, la cruelle,
Quand elle m'aura vu mourir !

Je cessai de chanter et je gravis un morne;
Je tournai vers la plaine un regard triste et morne;
Et soudain sans penser à la captivité,
Je courus devant moi, vers la ville emporté.
Quand j'arrivai, la nuit s'avançait vaste et sombre,
Mais des torches en feu resplendissaient dans l'ombre;
Les clameurs se mêlaient aux sons des tambourins,
C'était le bamboula sous les grands tamarins.
Ma compagne dansait et son regard de flamme
Se mirait dans un autre... Ah! je me dis dans l'âme :
Laissons , laissons la fête et retournons aux bois;
Désormais l'écho seul doit répondre à ma voix.

1839.

Ecrit sur un Album.

Sans doute on aime au ciel, car dans ce pur séjour
Notre âme est tout enfin ; vous y serez, madame !
Que serait donc le ciel sans cet ange d'amour
  Qu'on appelle la femme ?

1841.

Les Fraises. Ballade.

Ah! c'était le bon temps que le temps d'autrefois :
Toujours de beaux seigneurs erraient par les fougères,
Et les doux souverains épousaient des bergères. —
Allez, allez cueillir des fraises dans les bois!

Cet heureux temps n'est plus : on ne voit plus les rois,
Suivis de leurs varlets, chasser sur la montagne,
Ni quelque bonne fée errer par la campagne. —
Allez, allez cueillir des fraises dans les bois!

Eh bien! l'on peut pourtant, on peut trouver parfois
Un noble hymen encor, si l'on est belle et sage,
Si l'on a de doux yeux, un candide visage. —
Allez, allez cueillir des fraises dans les bois!

Je vais vous le prouver : quand aux sons du hautbois,
Le dimanche, on sautait sur les vertes pelouses,
Rose effaçait toujours ses compagnes jalouses.
Or, elle alla cueillir des fraises dans les bois.

Soudain passent près d'elle un chevreuil aux abois
Puis un jeune chasseur. Le chevreuil eut la vie;
Car de le suivre l'homme avait perdu l'envie. —
Allez, allez cueillir des fraises dans les bois!

C'était un grand seigneur. — Oh! le charmant minois! —
Dit-il; puis il tenta de séduire la belle.
Mais elle resta pure, aux instances rebelle. —
Allez, allez cueillir des fraises dans les bois!

C'était fort sage au moins; car le seigneur fit choix
De Rose pour épouse. Elle eut donc la richesse,
Un château, des laquais; bref, elle fut duchesse.
Allez, allez cueillir des fraises dans les bois!

1839.

Les Baisers.

Hélas! pendant un jour, une longue journée,
Succombant sous l'ennui, je n'avais pu te voir.
Mon âme soupirait au chagrin condamnée,
Et j'étais près de toi, bien près, sans le savoir.
Soudain tu m'apparais et contente et surprise,
Je vois ton chaud regard de bonheur s'embraser
Et je puis t'envoyer sur l'aile de la brise,
En le poussant du souffle à travers l'air qu'il brise,
   Un doux baiser...

Comme tu rougissais, lorsqu'entr'ouvrant la bouche,
Tu recevais au vol mon message d'amour!...
« Mon bel ange, merci! mais nul regard farouche
N'est là pour t'effrayer, réponds vite à ton tour!

L'attente fait souffrir... Fi donc! oh! la méchante!..
— Disais-je alors bien bas, — va-t-elle refuser? »
Et je faisais la moue, et ta bonté touchante
Confiait au zéphyr la faveur qui m'enchante :
      Un doux baiser.

Ah! comme j'aspirais ton haleine embaumée!
Il me semblait enfin te serrer dans mes bras.
N'es-tu pas à la fois pour moi, ma bien-aimée,
L'espoir et le plaisir, tout bonheur ici-bas?..
Laisse errer sous ma main ta chevelure blonde!
Maintenant à ma flamme on ne peut s'opposer...
L'amour apprend des yeux la science profonde,
Amie, oh! n'est-ce pas?.. Et rien n'est doux, au monde,
      Comme un baiser.

      Mais de ta main si blanche
      Tu te défends en vain,
      Ton front charmant se penche
      Mollement sur mon sein.
      Près d'un amant fidèle
      Enfant, viens reposer!
      Mon cœur bat et t'appelle;
      Ferme les yeux, ma belle,
        Sous mon baiser!

                1839.

Chanson.

Amis, on nous dit que la vie
Nous présente un calice amer,
Qu'ici le malheur nous convie
Jusqu'à ce que vienne l'enfer....
Mais que dans la coupe remplie
Le vin pétille en écumant !
Chassons toute mélancolie
Et soyons heureux en aimant !
    Riez, fillettes,
    A mes fleurettes !
    Buvez, garçons,
    A mes chansons !

On dit aussi que la souffrance
Doit répondre à tous nos désirs,
Que là-haut est la délivrance,
Que les morts seuls ont les plaisirs....
Mais tressons-nous une couronne
Des fleurs aux parfums les plus doux !
Pour moi, tous mes chants je les donne,
Femmes, pour un baiser de vous.

    Riez , fillettes,
    A mes fleurettes !
    Buvez , garçons,
    A mes chansons !

1839.

Ah ! quel plaisir, enfants, d'avoir la liberté,
De courir par les champs dans un beau jour d'été,
De poursuivre l'insecte à travers la campagne,
De fouler les genêts, de gravir la montagne !
Ah ! quel plaisir, enfants, quand sur les gazons verts,
Dans les sentiers du bois de grands chênes couverts,
On peut long-temps errer, parfois dormir sur l'herbe,
Former de mille fleurs une odorante gerbe,
Butin que l'on dispute à l'abeille, au zéphyr,
Où brillent le rubis, la perle et le saphir,
Et ces étoiles d'or que l'on croirait des nues,
Pour éclipser les fleurs, dans les gazons venues !

Mais à cet âge encore on se fait malheureux;
Les petits de grandir se montrent désireux;
On veut paraître grave; on aspire à la vie;
L'avenir, l'avenir est tout ce qu'on envie;
Oh! pourquoi soupirer et désirer toujours!
Tout âge n'a-t-il pas, ses beaux, ses heureux jours?
Le présent, c'est l'ennui; le passé qu'on regrette
Valait bien mieux! — dit-on; — et l'esprit s'inquiète.
Et c'est toujours ainsi : l'homme, ô fatalité!
Ne connaît son bonheur que lorsqu'il l'a quitté;
Il avance, il avance, il marche d'âge en âge
Sans que ses cheveux blancs puissent le rendre sage.
Pleurant le temps qui fuit, il n'en jouira pas :
Car la mort tout-à-coup vient arrêter ses pas!

1839.

Puis du livre ennuyé je regardais les fleurs

RONSARD.

Puissé-je dans mes vers harmonieux et doux
Paraître gracieux et plaire ainsi que vous,
Premières fleurs, ô vous que toujours on désire !
O filles du printemps qui semblez nous sourire,
Nous aimons à vous voir comme un ami perdu
Qui long-temps éloigné nous est enfin rendu.

Le sol est blanc partout ainsi qu'un linceul terne;
C'est un désert sans fin dont l'aspect nous consterne.
Les lugubres cyprès, les pins, les arbres-verts
Baissent leurs noirs rameaux de frimats recouverts.
Modeste perce-neige, ô plante solitaire,
Emblème d'espérance envoyé sur la terre,
Montre-nous ton front blanc vers le sol renversé
Comme un front virginal et timide et baissé !

Que ta cloche de perle où se suspend l'abeille
S'agite doucement comme un pendant d'oreille !
Ton sourire nous dit que l'hiver va finir ;
Et l'on se sent heureux de te voir revenir.
Après toi, tout fleurit : les bois, les prés, les plaines ;
Mille fleurs dans les airs confondent leurs haleines.
Le souple chèvre-feuille aux bouquets amoureux
Enveloppe le chêne aux rameaux vigoureux ;
Car il cherche un soutien qu'il orne et qu'il enlace
Dans un lien d'amour qui sous les fleurs s'efface ;
La faible femme ainsi dans ses bras caressants
Peut tenir son époux aux bras forts et puissants,
— L'homme son protecteur et pourtant son esclave, —
Et sait le captiver par le charme suave
De ses douces vertus, de sa molle beauté.

La brise est un parfum donnant la volupté.
Tout s'anime et renait, c'est un bien-être immense ;
Et couronné de fleurs bientôt l'été commence.
Ah ! que ne puis-je alors, au fond des bois épais,
Respirant un air pur aller rêver en paix !

Quand je ne serai plus, sur ma froide poussière,
Amis, ne posez pas une massive pierre !
Si vous l'aimez encor, les arrosant de pleurs
Sur le poète obscur venez planter des fleurs !
Qu'un jasmin sur le sol en guirlandes retombe !
Et que sous les lilas disparaisse ma tombe !

1839.

Adieu donc, ô mes vers, fruits d'une douce étude,
Vous qui toujours charmiez ma morne solitude,
Vous que dans mes loisirs j'ornais avec amour!
Ah! comment puis-je ainsi vous livrer au grand jour!

Pour moi seul vous aviez des paroles, une âme;
Pour moi seul vous aviez un sourire de flamme;
Vous jetiez dans mon ombre une vive clarté;
Hélas! et je vous livre à la publicité.

Vous allez vous éteindre, ô flatteuses chimères,
Vous allez disparaître, insectes éphémères,
Comme le ver luisant qui brillait dans la nuit,
Mais qui perd son éclat lorsque le soleil luit.

1842.

Heureux qui peut toujours, suivant sa fantaisie,
Respirer l'air des champs, vivre de poésie,
Fouler l'herbe des prés, voir, admirer les fleurs,
Au murmure des bois endormir ses douleurs!
Mais à quoi bon des vers! dans le temps où nous sommes
Les accords ou les chants ne touchent plus les hommes;
La froide politique absorbe les esprits
Et ne laisse pour l'art que dédain et mépris.
Petits démons ailés, strophes, fuyez bien vite!
Il faut que maintenant mon âme vous évite.
Fuyez! je ne veux plus à tous les bruits du jour
Mêler mon chant plaintif ou mes soupirs d'amour.
Hélas! la Poésie est une ingrate mère
Qui laisse ses enfants expirer de misère.
Le riche a le loisir et lui seul désormais
Peut t'honorer encor, déesse que j'aimais!...
Silphide aux ailes d'or, je blasphème, pardonne!
Car c'est avec douleur, vois-tu, que j'abandonne
Ton culte harmonieux qui soutenait mes pas;
Mais de mon cœur au moins tu ne t'envoles pas;
Sur les cailloux aigus si mon pied s'aventure,
Si la ronce, en rampant, de sa dent me torture,
Sur tes ailes mon âme en te suivant aux cieux,
Oubliera sa douleur dans un trouble joyeux;
Tu verses sur nos maux un baume, une ambroisie;
Et même en se taisant l'on t'aime; ô Poésie!

Boutade.

Donc, je jette mon œuvre aux publiques rumeurs !
Ma foi, par Apollo, le vieux roi des rimeurs,
Je ne suis pas fâché d'avoir fini le livre;
Mais c'est avec frayeur qu'au lecteur je le livre,
Car le doute me vient; je le sais : on est las
Du mode larmoyant et de tous les hélas !
Car après le délire arrive l'ironie,
Et je dis : — A quoi bon! — Quand mon œuvre est finie.

Oh! combien à rimer j'ai perdu de loisirs,
De rayons de soleil, de beaux jours, de plaisirs !
Tandis que je prenais une peine importune,
D'autres hommes partout couraient à la fortune;

C'est qu'ils comprenaient bien le Siècle positif
Qui s'occupe fort peu du poète plaintif.

Si je pouvais au moins, caressant ma chimère,
Dire : j'ai respecté l'oreille et la grammaire
Et j'ai sur la cheville, avec quelque bonheur,
Pour cacher tous les joints, étendu la couleur ;
Si je pouvais, au prix de mon grand sacrifice,
Dire au moins : j'ai construit un solide édifice
Sur lequel, sans regret, je vais graver mon nom,
Ainsi que fait Gauthier sur son œuvre... mais non,
Tout m'a manqué : le temps et le calme et l'étude,
L'art qui n'éclaire pas ma sombre solitude ;
Et je ne puis, au front d'un monument coquet,
M'en venir avec joie attacher le bouquet.

Aussi je veux te fuir, Muse ; ta voix sacrée
Fait oublier la terre ! ô ma belle inspirée,
Quand tu m'apparaîtras, je fermerai les yeux ;
Car je suis un mortel qu'éblouissent les cieux.

1842.

FIN.

TABLE.

BRUITS DU SIÈCLE.

ERRATA.

Page 33, 6ᵉ vers, au lieu de : son cercueil, *lisez* un cercueil.

Page 46, 1ᵉʳ vers, au lieu de : Goëthe, *lisez* Gœthe.

Page 87, 5ᵉ vers, au lieu de : fatiquant, *lisez* fatiguant.

Page 122, 15ᵉ vers, au lieu de : enfant, *lisez* enfants.

Page 123, 10ᵉ vers, *lisez* :

    Leurs cœurs ne battaient pas d'effroi sous leurs poitrines.

Même page, 11ᵉ vers, au lieu de : leur narine, *lisez* leurs narines.

   Id.   12ᵉ vers, au lieu de : leur voix, *lisez* leurs voix.

Page 188, 9ᵉ vers, au lieu de : Émeraude, *lisez* émeraude.

Table, page 304, 8ᵉ ligne, au lieu de : A ᴜɴᴇ Rɪᴄʜᴇ, *lisez* A ᴜɴ Rɪᴄʜᴇ.

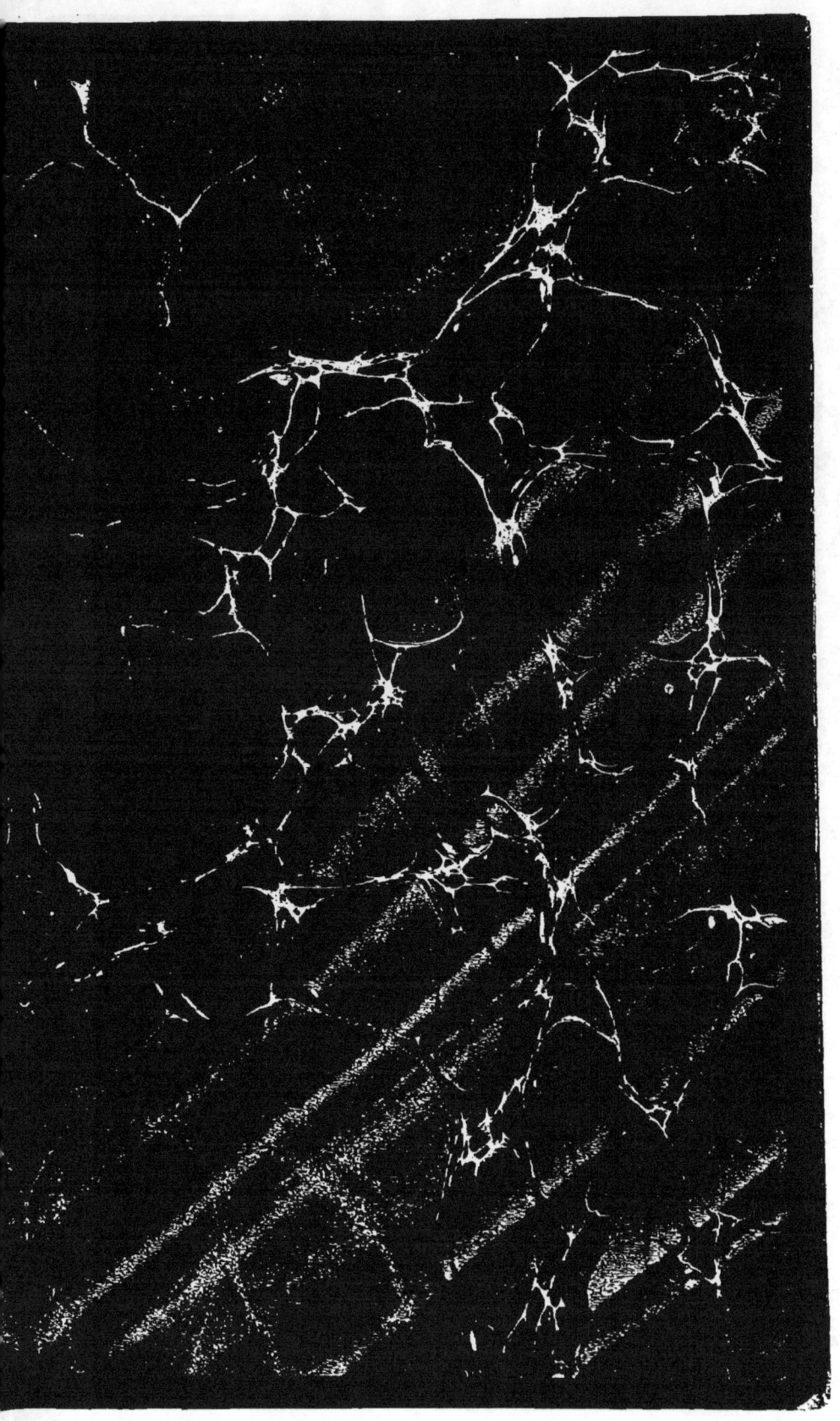

B BLIOTHEQUE NATIONALE DE FRANCE

3 7531 00628296 7

www.ingramcontent.com/pod-product-compliance
Lightning Source LLC
Chambersburg PA
CBHW070210030726
47505CB00006B/1634